KEITAI
SHOUSETSU
BUNKO
SINCE 2009

この胸いっぱいの好きを、永遠に忘れないから。

夕雪 *

○ STARTS
スターツ出版株式会社

カバーイラスト/ガガ

私はセンパイの、
　その胸に抱きしめられる日を、ずっと夢見ていた。
　センパイのその胸の中で、
　幸せな夢を見ていたいと願っていた。

「僕は君が幸せになることを願っているんだ」

　短かった１年……。
　ううん、大切な大切な１年——。
　私は絶対、センパイを忘れないから。

contents.

Prologue	6

第 一 章

指輪の奇跡	14
図書室の謎	30
生徒会長の素顔	41
彼女の存在	72
繋いだ命	80
ライバル	96
真夏の夜の夢	108

第 二 章

残暑	136
舞踏会 —時間よ止まれ—	159
不穏な風	169
涙のクリスマス	180
遠い背中	192

第 三 章

センパイの秘密	206
あなたと見る景色	215
とけた魔法	225
動き出した悪魔	233
そばにいるのに	245

第 四 章

永遠よりも長く	252
いつかその胸の中で	259

Epilogue	270

あとがき	276

Prologue

「いらっしゃいませー」
「あ……あの……、あそこに飾ってあった指輪、欲しいんですけど……」

　柏木緋沙(かしわぎひさ)。15歳。
　勉強も好きじゃないし、スポーツもできない。
　得意なことは？　そう聞かれても答えられない。
　なんの取り柄もなく、友達みたいに好きな人がいるわけでもないから、恋愛話に花を咲かせることもなければ、メイクやファッションに興味も持てない。
　かといって、地味ってわけでもない。
　ごく普通の中学生。
　それなのに……両親の母校だからと受験させられた名門高校。
　私なんか合格できるはずがない……そんな弱気な気持ちで、毎日の受験勉強を嫌々していた……。
　そんな毎日がそう——。
　あの時、一目惚(ぼ)れしなければ、きっと、あなたにも出逢(あ)えなかった。

「えーと……どちらの指輪でしょうか？」
　レンガ造りのお城のような建物。

Prologue >> 7

　大きなアーチ型の重い扉を開けた。
　中学生の私に、場違いなのはわかっている……。
　私なんかじゃ手の届かない高級なジュエリーショップに、勇気を振り絞って入店すると、そこは魔法の国のよう。
　キラキラ輝く宝石が、あれもこれもと手を伸ばしたくなるように、キレイに陳列されていた。
　その眩しさに、一瞬立ちくらみを起こしそうになる。
　目をパチパチさせながら、声をかけてくれた店員さんのほうを見た。
「あ……あの、あそこにあった指輪が欲しくて……」
　私はそう言って、窓のほうを指さした。
「えーと……どちらの指輪でしょうか？」
　私の言葉に苦笑いを隠しつつ、店員さんが営業スマイルを見せた。
「あ……あそこのウインドーに飾ってあった……」
　店を入ってすぐ右手にある、大きなウインドー。
　そこに昨日まで飾られていた、ペアリング……。
「あ！　それです！」
　声をかけた店員さんの後ろ、カウンターの上に真っ赤なベロア素材のトレーに並べられた２つの指輪を発見し、私は声を上げた。
「あ……申し訳ありません……。こちらの商品、オリジナルの１点物で、ただ今こちらのお客様が……」
　大声を上げた私に笑いをこらえながらそう言うと、店員さんは視線をカウンターに立つ男性に向けた。

「え……ウソ……」
 その店員さんの言葉に、現状を理解するよりも早く、すぐにガッカリした気持ちが口に出てしまっていた。
 見ると、私よりずっと背の高い、優しそうな顔立ちの男の人が立っていた。
 大学生くらいかな……。
「ごめんね」
 その人は私に向かって微笑むと、そう一言謝った。
「あ……」
 買われちゃうってこと……。
 ショックだった……。
 メイクやファッションにまったく興味のなかった私が、このお店のウインドーに飾られていた、あのペアリングに一目惚れしたのは、何ヶ月前のことだろう……。
 欲しくて欲しくて……どこにいても忘れられない。
 毎日毎日、学校帰りに遠回りして、この店の前を通る。
 今日もあった……。
 今日も見られた……。
 いつもそう思っていた。
 今までこんなことはなかった。
 この歳まで何に対しても無関心なほうが変なのかもしれない。
 でも、例えば歳の近い人のおさがりの服だって、別になんとも思わずに着れてしまうような私だったのだから……。
 こんなにも何かに夢中になることが、自分でも不思議

だった。

ホワイトとゴールドが重なり合い、織りなす曲線美。

そして、真ん中に輝くブルーの宝石。

もちろん、ペアで買うことなんてできないくらいの高価な指輪だったので、買うなら自分の分だけ……。

私は思いきって、両親に頼み込んだ。

そう……土下座をしてまで……。

私がこんなことに興味を示すことも、両親には驚きだったようで……。

それに、今まで何かが欲しいと駄々をこねたこともなかった私……。

それくらいすべてに無関心だった。

そんな私からのお願いに両親は……。

「T学園に合格したらね」

そう言った。

その言葉を信じ、私はがむしゃらに勉強した。

両親は私が合格するはずがないと思って、あんなことを言ったのか……。

まわりからも、到底受かるはずがないと言われ続けてきたが、私はその難関校で名門のT学園高等学校に合格したのだった。

そして今日、夢にまで見たあの指輪を買いに、このジュエリーショップに来たのだ。

それなのに……。

それなのに……。

こんな僅差(きんさ)で誰かに買われてしまうなんて……!
しかも、その人が買ったのはペアリングひと揃い。
店員さんと談笑する、その男の人をチラッと見た。
彼女にあげるのかな……。
そりゃそうだよね……。
あんなカッコいい人から、あの素敵な指輪をもらえるなんて、どんなに幸せだろう……。
うらやましいなぁ……。
きっと彼女も素敵な人なんだろうな……。
恋愛に興味があるわけでもないのに、理想のカップル像をイメージしてしまう。
「はぁ……」
私は我に返って、ガクッと肩を落とした。
名門校と言われる自分の母校に娘が合格したことで、両親も親戚(しんせき)も大喜びのドンチャン騒ぎだ。
合格できないと思っていたくせに〜! と、思わず舌打ちしてしまいたくなる。
連日のお祝い電話や来客で大忙しの両親は、私の指輪のことなどすっかり忘れていた。
そんなもの誰も知ったこっちゃないという感じだった。
「……はぁ」
ため息が止まらない。
あの指輪のために私がどれだけ勉強を頑張ったか……。
あまりのストレスで、ハゲてしまうんじゃないかと思うほど、毎日の勉強づけの日々。

こんな気持ち、誰もわからないだろう……。
"指輪が欲しいから"なんて、くだらないと言うかもしれない。
それでも私には夢にまで見た、憧れの指輪だった。
私はヨロヨロと出口へ向かう。
後ろ髪を引かれてチラッと振り返ると、あの指輪を買った男の人と目が合った。
私は焦って目をそらし、足早に店を出た。
どれだけうらやましそうな顔をしていただろう……そう思うと、顔から火が出そうなほど恥ずかしくなった。
高校受験には合格したが、気分の乗らない憂鬱な春休みを過ごすことになったのは、言うまでもない。

第一章

春の風に吹かれ
木の芽が膨らむ
朝つゆ
水滴が
朝陽に照らされ
キラキラ輝く
鮮やかな新緑に萌える
校庭の2本の大イチョウ

『一歩踏み出せば、近づけると知った』

指輪の奇跡

　ウトウト……。
　ウトウト……。
　穏やかで柔らかい春の風が頬を撫でる。

「……そこで何をしているの!?　ちょっと起きなさい！あなた新入生でしょ!?　なんで図書室なんかで寝ているの!?　入学式が始まるわよ！」
　ガタン！
　私は、その大きな声と『入学式』という言葉に驚き、飛び起きた。
「スミマセン!!」
　そう謝ると、急いで図書室を飛び出した。
　もーーーっ！　私のバカ！
　なんで寝ちゃったんだろう！
　入学式までまだ時間はあるトイレに行って……そう思い校内をウロウロしていた。
　案の定、迷子になってしまい、誰か知っている人はいないかと探していた時だった。
　見つけた図書室。
　誰かいるかもしれないと入った……その時、正面の大きく開いた窓、そこから見える校庭には、大きな大きな木が2本立っていた。

黄緑の葉が上へ上へと伸びている。
その葉が朝陽に照らされ、キラキラと輝いていた。
あまりの美しさに、私は見入ってしまっていた。
入学式の緊張で前日は眠れず、ポカポカと暖かくなってきた図書室の窓際で、私はいつの間にか眠ってしまっていたんだ……。

急いで入学式の始まる講堂を目指す。
息を切らして走ってきたけど、まだ入学式は始まっていないみたい。
ザワザワと騒ぐ新入生たちが、講堂へ入っていくところだった。
その中にそっと紛れ、中学から同じクラスの友達・小野塚　香——カオの姿を探す。
あ、いたいた。
カオの後ろ姿を発見し、何事もなかったように列に並ぶ。
「はぁ……」
とりあえず間に合ってよかった。
私はホッと息をつきながら、左手を胸に当てた。
「ん？」
その左手に違和感。
見ると、左手の薬指に２つの指輪がはめられていた。
「!?」
下には、ぶかぶかの大きな指輪。
その上に、下の指輪が外れないよう、ぴったりサイズの

指輪が重ねてつけられていた。
　な……何これ!?
　急いでいたせいで、今まで全然気づかなかった。
「ヒサ！　もう、どこ行ってたのよー！」
　私の前に立つカオが、振り返り声をかけてきた。
「あ……ごめん……」
　そして、私がカオに謝りかけた時……。
「静かに！　式が始まりますよ」
「あ……すみません……」
　先生のキツめの言葉に、私たちは驚き顔を見合わせた。
　カオは私に向かって、ペロッと舌を出す。
　見ると、私たちのように話している生徒が何人も先生に注意されていた。
　先生たちは講堂内を歩き回り、新入生だからといって甘やかすことはない。
　先生たちの鋭い目が光る。
　この学校は、とにかく先生が厳しいと聞いていた。
　私は気づかれないよう、急いで指輪を隠した。
「これよりT学園高等学校の入学式を執り行います」
　講堂にアナウンスが響いた。
　ざわめいていた生徒たちも、そのアナウンスでピタッと静かになった。
　ドキン……。
　ドキン……。
　なぜか私は、ドキドキが止まらなくなっていた。

力強く握りすぎた手は、汗でじっとり湿り始めている。
春とはいえ、まだ足元から冷えそうな寒い講堂内。
それなのに、どんどん体は熱を帯びていくようだった。
だってそれは……。
ドキン。
ドキン。
再び確かめた、左手の薬指にはめられていた指輪。
それは私が欲しくて欲しくて仕方なかった、あのペアリングだったのだから——。

学園長の言葉、ＰＴＡ会長の挨拶……入学式はどんどん進められていった。
私は、その言葉や話など耳に入らず、そのうち式も終盤に差しかかってきた。
「在校生代表の言葉」
そうアナウンスされると、壇上にいた新入生の挨拶を済ませた女子生徒と入れ替わるように、最前列に座っていた男の人が階段を上がっていく。
「在校生代表、生徒会長、３年、瀬戸優也です。新入生のみなさん、このたびは入学おめでとうございます。僕たち在校生一同は、みなさんの入学を心から歓迎しています」
生徒会長というその人の姿を見て、一瞬息が止まった。
その人は、あの時……。
あのジュエリーショップで、この指輪を買っていった人だったから……。

な……なんで、あの人が……。
　生徒会長!?
　あの時は私服だったから、とても落ちついて見えて、もっと年上かと思った……。
　でもどうして、このペアリングが今、私の指に……。
　だって、あの人が買っていって……。
　驚くことが多すぎて、頭がパンクしそう……。
「──みなさんの大切な3年間を、実りあるものにするためにも、何か夢中になれるものをぜひ見つけてください」
　生徒会長の言葉が、途切れ途切れに聞こえる。
　胸のドキドキが、どんどん大きくなる気がして、みんなに聞こえてしまうんじゃないかと思うと、さらにドッと汗が出た。
　震える足、気が遠くなりそうになるのを無理やりしゃんとさせて、ポケットの中の指輪をギュッと握りしめる。
　そして、壇上の生徒会長へ視線を向けた。
「……」
『ごめんね』
　ジュエリーショップで、そう言って微笑んだ生徒会長の顔を思い出した。
　どうして指輪がここにあるの……?
　欲しくて欲しくてたまらなかった指輪が今、私の手の中にある……。
　きっと彼女にあげるんだ……そう思って、あの日に諦（あきら）めたこのペアリング。

瀬戸優也……せとゆうや……。
「せいとかいちょう……」
　まわりに聞こえないよう、私はボソッと呟いた。

　式が終わると、新入生は各教室に戻っていく。
　私は講堂から出ると、その場に立ち止まった。
　次々と教室に向かう生徒たちを横目に、私はなぜか動き出せなかった。
　遠くに見える渡り廊下、その奥、青々とした芝生が春の陽に照らされ、キラキラ眩しく光る。
　なんだか体が熱を帯びたような……。
　ボーッとしている感じ……。
　講堂から賑やかな生徒たちや先生が去ると、そこに一瞬ピリッとした空気が流れた。
　私は慌てて、講堂の柱の陰に隠れた。
　最後に出てきた生徒たちに私語はない。
　真っ直ぐ前を向き、ブレることなく列を作り歩いていく。
「……」
　その姿に息をのむ。
　呆気にとられるというか……。
　その威圧感は、まるで軍団……。
　怖いという印象が強かった。
　その列の最後に出てきた人……。
「あ……あの……」
　私は小さく声をかけた。

その人は真っ直ぐ前を向き、私の前を通りすぎた。
「あ……」
あれ……違う人なのかな？
あの時の人じゃないのかも……。
「あの……」
私はもう一度声をかけた。
「優也先輩!!」
私の小さな声をかき消すように、突然大きな声で生徒会長の名前が呼ばれた。
私は驚き、再び柱の陰に身を隠した。
「優也先輩、これ読んでください！」
驚いたように振り向いた生徒会長へ、手紙を差し出す女子生徒。
立ち止まった生徒会長を前に、その女子生徒の顔はみるみる赤くなっていった。
その直後、生徒会長の前を歩いていた生徒会軍団が、風を切るブンという音をさせるように、みんな一斉に声がしたほうを振り向いた。
手紙を渡そうとしている女子生徒を見つめる、鋭い眼光。
ひいいいいい……。
「こえぇ……」
私はつい口に出そうになるのを、グッとこらえた。
な……何……この人たち……。
「ごめんね。こういうのは受け取れないんだ」
生徒会軍団の怖い雰囲気とはうらはらに、生徒会長の言

葉は優しく丁寧に感じられた。
「……」
　まったく関係のない、私の目の前で繰り広げられる出来事に、私は柱の陰に隠れ呆然と立ち尽くす。
　女子生徒は、差し出した手紙を引っ込めると、その場を走り去った。
　それを見送ると、生徒会軍団はみんな、何事もなかったようにまた列を作り歩いていく。
「……」
　女子生徒の今にも泣きそうな顔を見て、なぜだか胸が痛くなった。
　なんだろう……この喪失感は……。
　ボーッと見つめる私の目に、生徒会長の姿が映った。
「あ……」
　自分も生徒会長に用があったんだと思い出し、私は追うように一歩を踏み出した。
「……生徒会長……優也センパイ！」
　去る後ろ姿に大きく声をかける。
　優也センパイは立ち止まり、私のほうへ振り向いた。
「センパ……これ……」
　そう言いながら、ペアリングを出した。
　優也センパイの険しい顔が私を見つめる——。
　と同時に、前を歩いていた生徒会軍団がまた、みんな一斉に振り向いた。
　ひいいいい……。

だから、怖い〜って。
　いちいち反応が怖い生徒会軍団に、私は半ベソになる。
「ぷっ……」
「え？」
　私のそんな様子を見て、優也センパイが吹き出した。
「……」
　笑ってる……。
　ドキン……。
　ドキン……。
　優也センパイはまわりに聞こえないように、私の手の中にある指輪を指さし、
「あ・げ・る」
　そう小さく言って、微笑んだ。
　ドキン……。
　ドキン……。
　笑ってた……生徒会長……。
　センパイは、背を向け歩いていく。
　去っていく後ろ姿。
　ドキドキが止まらない。
『あげる』って、この指輪のこと？
　やっぱり……。
　やっぱり、あの時の人だったんだ……。
「ヒサー！」
　ビクン！
　後ろから大きな声をかけられ、一瞬体が跳ね上がった。

「もーっ！　いないと思ったら、まだこんなところにいたのー？　しかも、なんで生徒会長と話してるのよー！　知り合いなのー!?」

　カオの顔が、ググッと私に近づいた。
「あ……まさかー、全然……」

　センパイと話しているところ、カオに見られちゃったか……。

　といって、何があるわけでもないけど……。
「あの生徒会長と話せるなんて、すごいことだよ！」
「そうなの？」

　カオは興奮したように話し出した。
「そうだよー、ヒサ知らないの!?　ここら辺の高校では、うちの学校の生徒会は有名なんだよ！」
「生徒会が有名？」
「うん、そう！　厳しい校則も生徒たちが守れているのは、生徒会の存在が大きいって。その生徒会メンバーも美男美女が揃っていて、洗練されていて……。美男美女じゃないと生徒会員にはなれない……なんて噂もあるくらい」
「美男美女……」

　あんまり生徒会に関係ない気もするけど……。

　まあ、さっき見た感じ、みんなそれなりだった気はするけどね。

　それに、生徒会ってなんとなく裏方って思ってたんだけどな。
「何かイベントがあれば、うちの生徒会見たさに人が集ま

るほど。なんていうのも聞いたことあるよ」
「……へぇ……」
　洗練ねぇ……。
　洗練というより、悪魔の集いみたいだったけど……。
　告白していた、あの女子生徒の恐怖におびえた顔を思い出してしまう。
　でも、そんな生徒会、本当にあるのかな？
　美男美女しか入れないなんて。
　あまりの現実離れした話に言葉が出ない。
「その生徒会をまとめる会長、瀬戸優也先輩。ここら辺の高校で、知らない人はいないと思うよ。なんて、アタシはお姉ちゃんから聞いて知ってるだけなんだけどねー」
　そう言うと、ペロッと舌を出したカオ。
　優也センパイ……。
　そんな有名な人なんだ……。
　この学校に入学するのに、私はなんの下調べもしてこなかった。
　ただ、入学式後のあのタイミングで手紙を渡そうとする女の子がいるなんて、驚きだわー。
　もしかして、あのタイミングじゃないと渡せなかったのかもしれない。
　まあ、生徒会軍団に阻止されていたけど……。
　思い出しても怖くなる、あの生徒会軍団の視線……。
　きっと生徒会長を好きになっても、あの生徒会軍団が近くにいるんじゃ、いろいろ難しいだろうな。

自分は恋愛に興味がないまま高校に入学したけど、そもそもこの学校、男女交際禁止じゃなかったっけ……。
　それなのに、あの告白シーン。
　手紙を受け取れないって生徒会長は言っていたけど、生徒会長にも彼女がいるんじゃ……。
　何がなんだか、さっぱりわからない。

　人のいなくなった廊下は、シン……と静まり返っている。
　私たちは、教室を目指し歩いていた。
「……じゃあ、優也センパイの彼女もこの学校に？」
　私は何気なくカオに言った。
「え!?　何よー、ヒサ、やっぱり優也先輩のこと知ってるんじゃない！」
「しーーーーっ！」
　静まり返った廊下に、カオの大きな声が響き渡った。
　私は慌ててカオの口をふさぐ。
「ごめん、ごめん」
　カオは、ふごふご言いながら謝ったが、私が手を離すと、思いきり息を吸い込み再び話し出した。
「優也先輩の彼女は他校の人らしいけど、ついこの間、別れたらしいよ」
「別れた!?」
『ごめんね』
　あの時、ジュエリーショップでそう私に謝り優しく微笑んだ、優也センパイの顔が頭をよぎった。

嬉しそうに指輪を買う姿……。
　きっと、あの指輪はその彼女にあげるはずだったんだ。
　チクッ。
　なんだか一瞬、胸が痛んだように思えた。
「別れた理由はわからないけど、優也先輩に憧れてる子は多いから、彼女と別れたって話はすぐ学校中に広まったみたい」
「……」
　だから、あの女の子も、あんなに必死に告白して……。
　そうだよね。人気があるのは、ついさっき目の当たりにしている。
　センパイ、見た目もカッコいいし、あの生徒会軍団を引き連れている会長だから、怖い人なのかと思ったら、あの笑顔……。
　あんな顔、見ちゃったら……ねぇ。
　みんな好きになっちゃうのかもなぁ。
「でもさ、この学校、男女交際禁止なんじゃないの？」
　私はふと疑問に思ったことを口にした。
「ヒサ、なに言ってんのよー。そんな校則みんな守ってるわけないじゃん」
「あ……そうなんだ？」
　私は苦笑いで返す。
　入学して間もない生徒が言うセリフか!?　と、思ってしまうけど……。
　高校生で男女交際禁止とか、たしかにあり得ないよね。

それでも校則としてあるんだから、それだけ面倒くさい学校なのかと思ったら、またへこんだ。
「そこの２人！　何しているの!?」
　突然、大きな声が私たちに飛んできた。
　振り向くと、担任の大森(おおもり)先生が細い体を大きく広げて腕を組み、仁王立ちしていた。
「うえっ！　担任、大森〜〜」
　聞こえないように、カオが私に耳打ちする。
「いないと思ったら、何をトロトロ歩いてるの!?　早く教室に戻りなさい！」
「はーーーーい」
　私たちは声を揃え、小走りに教室に戻った。
「柏木さん！」
　ビクッ！
「はいいっ！」
　後ろから再び呼び止められ、背筋が伸びた。
「これ！　図書室に生徒手帳が落ちてたわよ」
「あっ！」
「まったく、入学式前に図書室で寝るなんて、そんな生徒初めてよ。前代未聞だわ！　しっかり隅から隅まで生徒手帳を読んで、変な行動とらないようにね！」
　変な行動……。
「……スミマセーン」
「ヒサ、行こ！」
　カオがグイッと、私の手を引いた。

「あんな言い方ないじゃんねー」
　コソコソと、大森先生に聞こえないように話す。
「やっと全員揃ったわね。では、これから今後の話をしていきます。しっかりメモを取るように！」
　ドン！
　そう言った大森先生の大きな声と同時に、力強く教壇を叩(たた)く音が、教室中に響いた。
「あ～～あ、噂で聞いてたけど、担任が大森先生だなんて最悪～」
　カオがげんなりした声を上げた。
「そうなの？」
「そうよ～。典型的なイジワル教師ってやつ。厳しけりゃいい生徒が育つと思ってる昔の人って感じ」
「……」
　その言葉に、内心「うげっ」と思った。
　タイトな長めのスカート。
　白いブラウスは首までかっちりボタンを留め……。
　厚手の渋い緑のカーディガン。
　真っ黒な髪を襟(えり)足でおだんごにし、細めの尖(とが)ったメガネ。
　たしかに典型的な、厳しい先生を彷彿(ほうふつ)させる。
「……」
　まさか、図書室で叩き起こされたのが大森先生だったなんてなぁ。
　最悪だ……。
　私なんて、入試もクラスでダントツ悪かったと思うし。

さっきの言い方を思い出すと、完璧に目をつけられたよなぁ……。
「はぁ……」
　私はため息をつき、窓の外を見た。
　少し開いた窓から風が通りすぎる。
　陽の光は丸みを帯び、とても柔らかい。
　冷たさも感じない。
　この教室からは、あの大きな木は見えないんだ……。
　入学初日にして、いろいろなことがありすぎる……。
　大森先生の声を遠くに聞きながら、ポケットの中の指輪に触れた。
　夢じゃなかった……。
　あの指輪が……あのペアリングが、今、私のところにあるなんて……。
　返したほうがいいよね……。
『あげる』
『優也先輩の彼女は他校の人らしいけど、ついこの間、別れたらしいよ』
「……」
　何度も思い返してしまう、あの時の優也センパイの顔。
　この指輪、私が持っていていいわけない。
　でも、どうやって返したらいいんだろう……。
「はぁ……」
　私はまたため息をつき、外を見つめた。
　けだるいような……春の憂鬱。

図書室の謎（なぞ）

　図書室から見える2本の大きな木の、黄緑の葉が日々青みを増す。

　入学式から1ヶ月。

　嫌々入ったこの学校にも慣れ始めていた。

　私はあれ以来、この図書室へ毎日のように通っている。

　トイレを探し、迷い込んでしまった図書室。

　ここから見る、あの2本の大きな木がお気に入りだった。

　私とは違って頭のいい生徒ばかりと、あの大森先生の存在……。

　なんだか、自分のクラスに自分の居場所がないような気がして、どこか心を癒せる場所を無意識に探していたのかもしれない。

　カオは「また図書室!?」と、いつも怪訝そうな顔をする。

「あんなところ、近づきたくもないよ〜」

　カオだけじゃなく、みんながそう言う理由。

　それは……。

　図書室のあるB棟は、1階に職員室、2階に音楽室、3階に図書室がある。

　そして、その図書室には、生徒会室が隣接しているのだ。

　職員室と同じ建物にあるだけでも行きたがる生徒は少ないのに、隣の部屋にはあの生徒会の面々が集う。

　よっぽどの用がなければ、この図書室に誰も近づこうと

はしない。
　どうりで、いつ来ても生徒が1人もいないはず……。
　噂では、調べものをするのに便利だからと、優也センパイが図書室の隣に生徒会室を移動させたとか。
　もしそれが本当なら、生徒会長ってすごい権限があるんだな。
　そんな不人気な図書室へ、それでも私が通う理由……。
　図書室から見える、2本の大イチョウ。
　あの木がイチョウの木と知ったのも、つい最近になってからだったけど……。
　夕日が照らす2本の大イチョウ。
残照(ざんしょう)。
　どれほどキレイか……。
　なんでみんな、あの美しさに気づかないんだろう。
　よほどこの建物に近づきたくないんだろうな……。
　名門校と言っても、目立っているのは先生の厳しさと独特な生徒会。
　頭のいい堅物の生徒ばかりがいるのかと思っていたら、生徒たちは勉強ばかりしているわけでもなかった。
　女子は校則が厳しい中でも、オシャレをしたいと頑張っているのがよくわかる。
　パーマや脱色はもちろんダメだけど、こっそりエクステつけて、バレないようにしていたり、マツエクも地毛と言い張ってみたり……。
　まあ、私はそんなことにも、ついていけてないんだけど。

伸ばしっぱなしの黒髪を簡単に後ろで束ねる。
　多少のボサボサは気にしない。
　ブローしたり、巻いたりも「面倒くさい」が先に立ってしまう。
　私みたいのは例外だけど、名門校と言われる中でも案外みんな普通で、気持ち的に救われる。
　だからきっと、職員室や生徒会室が入る独特な雰囲気のこのB棟には、みんな近づこうとしないんだろう。
　そして、ここへ通う理由はもう1つ……。
「優也センパイ！」
　私は大きな声で、センパイに声をかけた。
「しーーー！　図書室で大声は禁止！」
「あ……」
　そうセンパイに言われ、急いで口をふさぐ。
　っていっても、いつも誰もいないけどねー。
「ヒサ元気だなー」
　センパイがクスクスと笑った。
　図書室を入って左奥。
　本棚と本棚に囲まれ、まるで個室のようになったその場所に、優也センパイは座っていた。
　個室のように本棚に囲まれていても、一方は全面ガラス張りの窓に面していて外の景色はよく見える。
　もちろんあの2本の大イチョウも見える。
　机の上には、食べかけのサンドイッチや菓子パン、そして広げられたノートと参考書。

「……お昼ごはん食べながら受験勉強？」
　参考書の【受験】というタイトルを目にし、私はセンパイに声をかけた。
「ん？　あぁ、時間ももったいないしな。それに教室にいるより、ここなら何かあってもすぐ生徒会室へ行けるし」
「そっか……」
　たしか、遠い大学を受けるって言っていたっけ……。
「センパイなんだか忙しいね……。学校も生徒会も受験勉強も……。体、壊さないでね……」
「あぁ、サンキュ。ヒサは、またイチョウを見に？」
「うん、それもあるけど……」
「あるけど？」
「……」
　私はその続きを言いかけて、止めた。
「……だってー、大森先生ずっと教室にいるんだもん。せっかくの昼休みなのに、みんな何かに取り憑かれたように無言でさ、息苦しいったらない」
「あー大森先生は、弁当も教室で食うんだよな。教室大好きって有名ー」
「もーーっ息が詰まる〜」
「あはは」
　私の言葉にセンパイが大笑いする。
　センパイの笑顔……。
　まさか、センパイとこんなふうに話せるようになるなんて思わなかった。

この図書室でセンパイが受験勉強していることも、隣が生徒会室だってことも全然知らなくて……。
　入学式の日、私はここで寝てしまっていた……。
　その後も何も知らないまま、私はこの図書室に来た。
　放課後の夕暮れの時間。
　図書室のドアを開けたとたん、目に飛び込んできた大きなイチョウの木。
　夢中で窓を開け、揺れる木の葉を眺めた。
「キレイ〜」
　無意識に出た言葉に、
「イチョウの木？」
　そう返事がされた。
　誰もいないはず！　と焦って振り向いた、そこに、優也センパイが立っていたんだ。
　図書室なんて私には無縁だし、この建物に職員室や生徒会室があることを初めから知っていたら、私だって図書室に近づかなかったと思う。
　でも……ここへ迷い込んだから、センパイと再会できた。
　大イチョウが見たいとか、大森先生が教室にいるからとか、本当は口実。
　私はいつの間にか、優也センパイと話がしたい……そう思う気持ちが強くなっていたんだ。
「あ……、そうだ」
　私はポケットに入っていた、小さなポーチを取り出した。
　そしてその中から、2つの指輪を手のひらに出した。

「やっぱり返します。こんな高価なものもらえない……」
「いいって言ったろ。それはヒサにあげたものなんだ」
「でも……」
　あれから何度も何度も返そうとしても、センパイは指輪を受け取らなかった。
「いいんだ、俺が持っててもしょうがないし……」
「……彼女と……別れたから？」
　一瞬、センパイの動きが止まったような気がした。
「あ……ごめんなさい……」
　私、無神経……。
　クスッとセンパイが笑った。
「よく知ってんなぁ」
　センパイはそう言うと、「参りました」と言いながら頭を抱えた。
「そっ、彼女と別れたから必要ないの。それに今は、恋愛とかより受験に集中しないといけないからな」
　そう言いながら、机の上の参考書を集めた。
「……」
「それにヒサ、その指輪が欲しかったーーーって、あの店ですごい顔してたからなぁ」
「えっ!?」
「今にも泣き出しそうな、クシャクシャな顔して」
「いやッ、ウソだーーー！」
　私は一気に熱くなった顔を、手で覆い隠した。
　センパイはそんな私の様子を見て大笑いしている。

「ぷっ。顔、真っ赤だぞ?」
「もーーー、センパイ意地悪だ!!」
　上手く話を誤魔化された気がする。
　だけど、こんな高価な指輪をプレゼントしようと思っていた彼女のこと……。
　そんな簡単に忘れられるはずがない……。
「あっ!」
　カツン!
　カンカン……。
「やっ!　ちょっ……」
　手を滑らせ、持っていた指輪が落ちた。
　カンカンと音を立て、どこかに転がってしまった。
「ヒサ、どうした!?」
「指輪が!」
　私は急いでしゃがみ込んだ。
「え!?」
　驚いたセンパイも、一緒になってしゃがみ込む。
「あ!　あった!」
　本棚の隅に転がった指輪を発見し、私は急いで手を伸ばした。
　ガタン!
「いたっ!」
「ヒサ!?」
　急に手を伸ばした拍子に机の角に頭をぶつけ、私はとっさに頭を抱えた。

「いたたっ……」
　ドン！
「あっ！　きゃあ！」
「うわっ！」
　よろけた拍子に本棚に体当たりし、何冊もの本が私に向かって落ちてきた。
「いっ……」
「センパイ!?　センパイ大丈夫!?」
　ドサドサと大きな音と同時に、センパイのうなり声が聞こえた。
「いてて……ヒサは大丈夫か!?」
「うん……私は平気……」
　ドキン！
　顔を上げると、目の前にセンパイの顔があった。
　重なる視線に、胸の音が大きく鳴った。
　倒れた私に覆いかぶさるように、そして、センパイの体の上には何冊もの本が乗っていた。
「センパイ！」
　私は重なり合うその本に手を伸ばした。
「まったくヒサはドジだなー」
「だっ……だって指輪が……」
　身動きがとれないまま、私はうつむいた。
「あっ！　あった！」
　センパイはそう言うと、もう1つ転がった指輪を発見し手に取った。

「よかったー!」
　大切な指輪をなくしたなんてことになったら、私、死んじゃうよー。
「よかった……2つとも見つかっ……」
　ドキン……。
　センパイの手から指輪を受け取ろうとした瞬間、センパイはそっと私の左手の薬指に、その指輪をはめた。
「……」
　ドキン。
　ドキン……。
　触れた手が、細かく震えた。
「大切に、持ってて」
　センパイはそう言い、微笑んだ。
「……」
　こんな……こんなこと……。
　センパイは立ち上がると、落ちた本を本棚に戻し始めた。
　手伝わなくちゃ……そう思いながらも、震えた足は役に立たなくなっていて、急に静かになった図書室には、センパイが本を並べる硬い音だけが響いていた。

「生徒会長!」
　突然、図書室の扉が開かれた音がすると、1人の生徒が優也センパイを呼びながら本棚の隙間から顔を覗かせた。
「今度の議題のことでお話があるんですが、今、少し大丈夫ですか?」

あ……、あのメガネの人、生徒会副会長だ。
「あぁ、今すぐ行くよ」
　そう言うと、センパイは立ち上がった。
「じゃあなヒサ」
「あ……うん」
　なぜか、いつまでもドキドキは止まらなくて……。
　あんな、結婚式の指輪交換みたいなこと……。
　センパイは……男の人は……あんなこと簡単にできてしまうの？
　ドキドキが止まらない……。
　……きっと、みんな誤解しちゃうよ……センパイ……。
　机の上のノートや参考書を手に取ると、センパイは何かを探す素振りを見せた。
「センパイどうしたの？」
「……ここにあったメモ知ってる？　黄色の付箋なんだけど……」
「それならさっき、センパイ丸めて捨ててたけど……」
「マジかっ」
　センパイは慌ててゴミ箱を探る。
「あったー！　よかったー、議題のこと書いてた大切なメモだったんだ」
「えー、センパイ自分で捨ててたのにー」
「……マジか……。ん―俺、健忘症かな……。捨てたの気づかなかった。いろいろなこと考えすぎて、頭ん中いっぱいだし……」

「……」
　考えすぎて頭がいっぱいになるなんて、私には、ほとんどないことだ。
「……センパイ大変なんだね……大丈夫？」
　センパイはニコッと笑うと、「平気平気」と言いながら手を振って図書室から出ていっていった。
「……」
　私はセンパイの後ろ姿を見つめた。
　生徒会長として有名で……。
　彼女と別れたことも、こんなに広まっていて……。
　私なら、まわりから注目されること自体苦痛で、耐えられないかも……。
　遠くの大学を受験するというのも、彼女のことと何か関係があるのかな……。
　地元にいたくない理由とか……。
　もしそうなら、卒業したら、もうセンパイとは会えなくなっちゃうってこと……？
　私は手のひらにあるペアリングを、ギュッと握りしめた。

生徒会長の素顔

「あーなんか甘いものでも買ってくればよかったなー。チョコレート食べたーい」

中庭でカオとお昼をとっていた私は、そう言いながら大きく伸びをした。

まだ梅雨入りもしていないのに、雨ばかりだった先週。

あまりの雨続きにうんざりしていた。

これが迎え梅雨というのだろうか。

これから梅雨本番かと思うと、憂鬱になる。

そんな時の久しぶりの晴れ間。

私たちは外へ出て、お弁当を食べることにした。

だって……教室にはほら、大森先生いるし……。

まぁ、近くにB棟があるのが難点だけど、中庭は他の生徒が誰もいない穴場だった。

少し肌寒かったのがウソのように、午後に向かい、ぐんぐん気温が上がっているようで、眩しいくらいの陽の光も暑さを感じるほどになっていた。

「あーもう！　この学校、売店がないって信じらんないよねー。自動販売機だってパッとしないしさー。嫌がらせとしか思えないよー！」

私はブツブツ文句を言っていた。

「そんなこと言って、聞かれたらあのババアうるさいよー」

カオは、お弁当を頬張りながら言った。

「ババアって?」
「大森」
「……」

　ぷーーーーっ!

　私たちは顔を見合わせ、大きく吹き出した。
「でも、大森先生の噂って本当だったんだね」

　カオがお姉さんから聞いたという、大森先生の人物像。
「あー、典型的なイジワル教師ってやつ?」
「うん、それそれ。教育熱心が裏目に出てんのかね?」
「あっ、しー!　生徒会!」

　カオは私の言葉を止めると、渡り廊下のほうをチラッと見た。
「なーんか雰囲気暗いよねぇ。しゃべってる人いないよー。通るの見ただけで、空気重くなるわー」

　カオは"あーやだやだ"と言うように、何度も頭を左右に振った。

　生徒会軍団が、渡り廊下を列を作って歩く。

　その姿を見ながらコソッと話す。

　たしかに重い雰囲気……。

　入学式の日もそうだったけど、一瞬にして辺りがピリッとした空気に包まれてしまう。

　この独特な雰囲気が、生徒たちに緊張感を与えているのかもしれない。

　見ると、一番後ろを歩く優也センパイの姿があった。

　しきりに何か、ノートみたいなものを見ている。

「……」

　優也センパイ……気づかないかな……。

　図書室で話すセンパイと、生徒会の時のセンパイ、いつも別人のように見える。

　センパイ気づいてくれないかな……。

　私、ここにいるのに……。

　センパイはノートを見ながらシャツ胸のポケットに手をやった。

　その瞬間、何かが投げられ、私の前にポトリと落ちた。

「!?」

「え？　何!?」

　カオは突然飛んできたものに驚いて声を上げた。

　生徒会軍団は、誰ひとりそれに気づいていない。

　真っ直ぐ前を向き、歩いていく。

　私はそれを手に取ると、センパイのほうを見た。

　センパイは唇に指を当て、「しー」というジェスチャーをしている。

「……」

「ヒサ、何!?　何!?」

　カオが私に投げられたものが何か、しきりに気にして聞いてくる。

　私の前にセンパイから投げられたもの、それは……。

「……チョコボール」

　私たちはまた顔を見合わせ、ぶーーーーっと吹き出した。

「えー、ヒサがチョコ食べたいって言ってたの、先輩聞い

てたのかなぁ？　けど、チョコボールってー！　優也先輩、おちゃめ～」

　カオはお腹を抱えて笑っている。

　ドキン……。

　ドキン……。

　センパイ……。

　センパイは何もなかったように、真面目な顔に戻ると、正面に向き直り歩いていった。

　センパイ……。

　センパイ……。

「……」

　私は投げられたチョコボールを見つめた。

　生徒会の時の真面目な顔。

　私にくれる、おちゃめな顔。

　本当のセンパイは、どっちですか？

　まだまだ私は優也センパイのこと、知らないことばかりで……。

　こうやって少しずつセンパイを知っていくうち、もっともっとセンパイのことを知りたくなる。

　センパイ……。

　センパイ……。

「……」

　私、センパイを好きになってもいい……？

　この学校の生徒会は、とにかく厳しいらしい。

そりゃそうだよね。
　先生はそれ以上にとにかく厳しいし、生徒の親も名門高校に入学させただけあって、いろいろうるさいらしいし。
　そんな学校と生徒たちを繋ぐパイプ的役目の生徒会。
　その生徒会を優也センパイはまとめているんだもん、生徒会長職って、大変なんだろうなぁ……。
　先生からの信頼も厚く、権限がある分、責任も重い。
　そんな生徒会長、優也センパイに憧れる人は男女ともに多いって、わかる気がする。
　きっと、彼女も素敵な人だったんだろうなぁ……。
　私なんか足元にも及ばない……。
　そんなこと、わかっているけど……。
　きっと、入学式の日の女子生徒の告白のように、バッサリと切り捨てられてしまうのだろうけど……。
　もっともっと優也センパイのこと知りたくて……。
　近づきたくて……。

　生徒会軍団がB棟へ消えると同時に、職員室のほうから女性の怒鳴り声が聞こえた。
「何!?」
　私とカオは驚きの声をハモらせると、急いでお弁当を片づけ、職員室のあるB棟へ向かった。
　見ると職員室前は、その怒鳴り声を聞きつけた生徒たちで溢れ返っていた。
「早く担任を出しなさいよ！」

「お母さん、落ちついてください！ ここは生徒たちも通りますし、こちらへ入ってください」

怒鳴り続ける女性を、数人の先生たちが囲み、なだめているように見える。

「何を言ってんのよ！ 自分たちの失態を知られたくないだけでしょ！ なんなのよ、この学校は！ みんなして、うちの子をバカにして！」

その女性の怒号に、さらに増えた生徒たちからざわめきが起こった。

「どうしたんだろ……」
「アタシちょっと聞いてくる！」

そう言うと、カオは生徒たちの中にぐいぐいと強引に入っていった。

「あっちょっと……」

まったく……騒ぎ大好きっ子だからなぁ……。

あ……。

見ると、生徒会軍団も険しい顔つきで、人だかりの中からその様子を見ていた。

優也センパイの姿も見える。

大騒ぎしている女性を、数人の先生たちが職員室へ入れようと、あたふたしていた。

「ヒサ！」

話を聞きに行っていたカオが急いで戻ってきた。

「みんな詳しくはわからないみたいなんだけど、3年生の生徒のお母さんなんだって。生徒と担任が合わなくて、さ

んざんクレーム言ってきてたらしい」
「クレーム……」
　担任と合わないって、まさしく私もなんですけど……と言いたくなった。
　でも、実際いるんだな、こういう親が……。
「早く担任を呼びなさいよ！　じゃないと、ここから動かないわよ！」
「……」
　先生たちも手に負えないといった様子だった。
　半狂乱になって怒鳴り散らす母親の姿を見て、私は少し怖くなった。
「お母さん！」
　その時、先生の間を抜け、優也センパイが母親に声をかけた。
「あんた誰よ!?」
「生徒会長の瀬戸です」
「生徒会長!?」
「はい。B組の野島(のじま)くんのお母さんですよね？」
「そうよ！　だからなんなの!?」
　母親はセンパイが優しく話しかけても、怒りをむき出しにしている。
「……」
　優也センパイ……。
　私はハラハラした気持ちを抑えるように、手をギュッと握り合わせた。

「野島くん、受験のことで悩んでいて、最近休みがちだということは知っています。お母さんがここまで怒っている理由、僕に話してもらえませんか？」
「なんであんたに!? 生徒に何ができるのよ！」
「同じ生徒だから、できることがあると思うんです。野島くんにとって最善の、何かできることが見つかれば、僕から先生や校長にかけ合います！」
「……」
「お母さん……今、こういった学校へのクレームも大きな問題になってしまうんですよ……」
「クレーム!? 何よ！ 脅す気!?」
「……今日、お母さんが学校に来られていること、野島くんは知っているんですか？」
「あ……」
　センパイの言葉に、一瞬にして母親の顔が曇った。
「僕も受験生の１人です。今が大切なことはわかっています。こんなことで、野島くんを動揺させるようなことは、やめてあげてください」
「……」
「野島くんの担任の先生も今、お休みしているんですよ。生徒の進路を考え支える３年生の教師として、悩みごとも多いのかもしれません」
「……」
　センパイが話すたび、母親はうつむいていき、
「担任を替えるということではなく、改善策を先生方と話

し合いませんか？」
　納得したのだろう。
　母親はコクと小さく頷いた。
「きっと大丈夫ですよ、野島くんなら。彼とても頭がいいですから。僕もいろいろと彼に教えてもらっているんです」
　そしてセンパイがそう言って笑いかけると、母親も嬉しそうに微笑んだ。
　母親は、先生たちに連れられ職員室に入っていった。
　職員室前では、優也センパイと３年生の先生が笑って話している。
「ほら、もうチャイム鳴るぞ、教室戻れよー」
　先生たちに押されるように、集まっていた生徒たちが散っていく。
　残っていた生徒会軍団も、見たことないような笑顔を見せ、教室へ続く階段を上がっていった。
「……」
　見ているだけで、手に汗をかく思いだった……。
　まだドキドキしてる……。
「優也先輩カッコよかったねー」
「えっ」
　急にカオに話しかけられ、あたふたしてしまう。
「ヒサ、なにボーッとしてんのよー」
「あぁ……うん」
「優也先輩、よくあんなことペラペラ話せちゃうよねー。怖かったもん、あのお母さん！　優也先輩きっと、今まで

もこういう経験してるのかもね。さすが生徒会長だわー」
「うん……」
 センパイはどんな思いだったんだろう……。
 私だったら怖くてあんな冷静に話せない。
 こんなに人が集まっている中で、人前に立つことも怖くてできないのに……。
 私はセンパイを見た。
 ドキン……。
 先生と話すセンパイと視線が重なった。
 そして、センパイが私に手を振った。
 ドキン……。
 ドキン……。
 センパイ……。
 本当にセンパイはすごい人なんだ。
 きっとあんなこと、先生たちがすることだよね。
 大人である先生たちができないことを、いとも簡単にこなしてしまう。
 学校と生徒を繋ぐパイプ的役目。
 先生からの信頼も厚い……。
「……」
 センパイはすごい……。本当にすごい人なんだ。
「……」
 センパイ……。
 なんて、遠い……。
 私とは、別世界の人のように思えた。

放課後。

私はそっと図書室を覗いた。

いつもなら、なんの躊躇もなく入っていた図書室なのに、さっきの出来事も、自分のセンパイへの気持ちも、考えるとなぜか足がすくんだ。

いつものセンパイの席。

参考書やノートが広げられている。

だが、そこに優也センパイの姿はない。

「……？」

トイレにでも行ったのかな？

私は近くのイスに座りかけた……。

すると、2本の大イチョウの下に、優也センパイの姿を見つけた。

「センパイ!?」

大イチョウの後ろ、そこには低めの塀が建っている。

学校の敷地には緑が植えられ、その緑が市道からの目隠しになっていた。

ここからではよく見えない……。

センパイは、その緑の向こう側にいる誰かと話しているようだった。

「……」

私は図書室を飛び出し、階段を駆け下りた。

外に出るための靴……1年生の下駄箱が、図書室のあるB棟から一番遠いことが、ものすごくもどかしい。

外へ飛び出すと、センパイのいる2本の大イチョウまで

走った。

　ジメっと蒸し暑い風が吹く。

　昼休みの時の晴れ間がウソみたいに、空もどんよりとした、重く暗い雲に覆われていた。

　梅雨が近づいている空気。

「優也センパイ！」

　私は息を切らし、声をかけた。

「ヒサ」

　センパイは私の声に驚き、振り向いた。

　立ち止まると、汗が一気に吹き出るような蒸し暑さ。

　見ると、緑の隙間からセンパイと話していたのは、年配の女性だった。

「センパイ、どうし……」

「ミャー」

　私がセンパイに声をかけようとした時、それをさえぎるように声がした。

「え……」

　見るとセンパイの足元に、小さな小さな仔猫が……２匹。

「かわいいーーーっ」

　私はその仔猫を抱え上げた。

「ヒサ！　あんまり騒ぐな！」

「えっ……」

「職員室から見えるだろ」

「あ……」

　私は急いで、イチョウの木の陰に隠れた。

そうか……。
　ここは、B棟の１階にある職員室から丸見えだった。
「センパイ、この子たちどうしたの？」
「ここら辺にいる野良猫が仔猫を産んで、こいつらがどうしても学校に入ってきちゃうんだよ」
「そうなんだー、かわいいー」
　私はもう一度、２匹を両手で抱え上げた。
「こっちの子、鼻の下に黒いブチがあるー、ヒゲみたいー。こっちの子は正統派のかわいい子ー」
　私は２匹を見比べながら笑った。
　仔猫かわいいなぁ。
　見ているだけで顔がニヤけてくる。
「そっちがタローで、ヒゲがはえてるのがヒゲジロー」
「……」
　ぷーーーーっ！
　私は吹き出した。
「なんだよ!?」
「センパイ……ぷぷっ……そのネーミングセンス……」
　おかしくて、おかしくて、笑いが止まらない。
「あのなー！　誰にでもわかるほうがいいんだよ！　このおばさんが、こいつらにごはんをあげてるんだ。他にもあげている人がいるから、みんながわかりやすい名前のほうがいいだろー」
「あ……そうなんだ……」
　チラッとおばさんを見ると、緑の陰からペコリと頭を下

げた。
　私もつられて頭を下げる。
　なんでこんなコソコソ話しているんだろう？
　このおばさんも、こんな緑に隠れながら……。
「学校に入ってきたのを一度、大森先生に見つかって大変だったんだ。だから見つからないように、仔猫たちをそっと学校の外に出してやってるんだよ。学校の敷地内に知らない人が入っただけで大森先生は大騒ぎだから、おばさんも大変でさ」
　あー……、大森先生かぁ。
「この子たちがなんだか学校を気に入っちゃって、気づいたら入ってるのよ。本当に困っちゃって……」
　猫おばさんは、ため息をつき、そう言った。
「ほら、気をつけてお母さんのところに戻れよ」
　センパイは私から２匹を受け取ると、緑の間から２匹の兄弟猫を外へ出した。
「……」

　図書室へ戻ってからも、私は無言だった。
　なぜかあの兄弟猫が気になって、何度も何度も大イチョウの下を見てしまう。
　大森先生に見つかったらと思うと、余計にあの２匹が気になって仕方がなかった。
「どうした？　あの猫たちが気になるのか？」
　チラチラと何度も外に目をやる私に、センパイが声をか

けてきた。
「……うん。あんな小さい子たちなのに、外で暮らしてるんだね……。お母さんのところ、ちゃんと戻れたのかなって……」
「……本当は、5匹兄弟だったらしいよ」
「え!?」
「3匹はダメだったんだって……猫おばさんが言ってたよ」
「ダメって……」
「詳しい理由はわからないけど、学校の前の通りも車が多くて危ないし、外で暮らす猫には過酷なんだろうな……」
「……猫おばさんは、あの子たち飼えないのかな?」
　私の唐突な言葉に、センパイは頬杖をつき、1つ息を吐いた。
「俺も同じこと聞いたんだよ。交通量も多くて危ないし、何度も何度も学校に入ってくるから、先生に見つかったら大変だしって。でも、猫おばさんのところには、すでに10匹以上の猫がいるらしい」
「10匹!?」
「事故でケガしたり、病気になったりした猫は外で生きてはいけないから、おばさんが面倒見てるらしい」
「……」
「他の猫も保護して里親探ししてるらしいけど、それでも野良猫は赤ちゃんを産んで、その猫がまた赤ちゃんを産んで……その繰り返しで、とてもじゃないけどすべての猫を保護して面倒を見ることは難しいって。だから、野良猫に

エサをあげて見守っているんだってさ」
「そうなんだ……」
「何？　なんか言いたげだな」
「……」
　センパイは私の顔を見て、そう言った。
「なんだか切ないなぁ……と思って」
「野良猫の寿命は３、４歳って言われてて、５歳を越えるのは稀らしい」
「たった５歳!?」
「あぁ、しかも多くの野良猫の赤ちゃんは、乳児期に死亡してしまうって……」
「そんな……」
「飼い猫のように、幸せな猫たちばかりじゃないってことだよな」
　最近よく聞く"空前の猫ブーム"。
　テレビでも、猫の特集をよくやっているのを見たことがある。
　かわいい猫がたくさんいて……。
　でもそれは、一部の猫ということなのか……。
　野良猫たちは危険にさらされながら、懸命に生きている。
　私はまた、大イチョウのほうへ視線を移した。
「あ……雨」
　雨粒がポツポツと窓に当たる。
　いつの間にか空は真っ暗になっていた。
　帰っていく生徒たちも、傘をさしている。

少し開いていた窓を閉めると、降り出したばかりの雨の独特なにおいを強く感じた。
「とうとう来たかー。ヒサ、雨ひどくならないうちに帰ったほうがいいぞ」
「うん、センパイは？」
「これから学園祭の件で職員室に寄らないと」
　そう言うと立ち上がり、カバンにノートをしまい始めた。
　時計を見ると、18時になろうとしていた。
「これから？　センパイ大変だねー」
「まぁなー。先生たちも忙しいから、このくらいの時間にならないと手が空かないんだよ」
「そうなんだ。あっセンパイ、参考書忘れてる、はい」
　私は机の上の参考書を手に取り、センパイに差し出した。
「……」
　センパイは受け取った参考書を見つめ、一瞬だけ無言になった。
「センパイどうしたの？」
「……これ……俺の……？」
「え？　そうだよー。だってここの席、センパイしか使わないじゃない」
　私は笑った。
「……そうだよな……」
　センパイは苦笑いをしつつ、髪をかき上げた。
「もーセンパイどうしちゃったのー？　変なのー」

私が学校を出る頃には、雨は本格的に降り出していた。
　傘がないと歩いて帰れないほどの雨粒が、激しさを増し落ちてくる。
　もうすでに校庭には、いくつもの水たまりができていた。
　いよいよ梅雨入りかなー。
　傘、持ってきてよかった。
　あの天気予報士なかなか当たるなー。
　校門を出ると、レインコートを着たさっきの猫おばさんがいた。
　また、あの仔猫たち学校に入っちゃったのかな……。
　私は慌てて声をかけた。
「おばさん！　どうしたんですか？」
「あら、さっきの」
　私はおばさんに近づくと、小声で話しかけた。
「仔猫たち、また学校に入っちゃったんですか？　私、見てきましょうか？」
「ありがとう。でも違うのよー。あの子たちはあそこの木陰で母猫と雨宿りしてるわ」
「そうなんだー、よかった」
　見ると、おばさんの目の届く距離に３匹の猫たちはいた。
「あの黒い猫がお母さん猫？」
「そうよ、サビ柄っていうの、面白い柄してるでしょ」
「本当だー！　よく見ると黒猫じゃない。なんだか神秘的な色だねー」
「そうねー」

猫おばさんは、私の言葉に笑った。
「雨が強くなって、猫たちが心配で見に来たの。これから梅雨になると、エサやりも大変になるわ……」
「おばさん1人でやってるんですか？」
「他にもボランティアさんはいるんだけど、この梅雨の季節は仔猫が増える時季なの。とてもじゃないけど、すべてを見るのは難しいわね……」
「そうなんだ……」
「外の世界で生き残れるのは、ごくわずか……」
「……」

さっきセンパイも、そんな話をしていたっけ……。
「病気になったり、ごはん食べられなかったり、カラスに狙われたり、親猫が育児放棄……なんてのもあるわね。梅雨の時季だと視界も悪くなって、車にはねられたりすることも多くなる」
「そんな……」

雨の中、立ち話をする。
ふいに、おばさんの足元に大きな猫が2匹寄ってきた。
雨でびしょ濡れになって……。
「はいはい、ごはんかなー」
おばさんがそう言いながら猫たちの頭を優しく撫でると、猫たちは大きく「ニャー」と鳴いた。
「野良猫が増えれば糞尿被害で、近隣住民と揉め事が必ず起きるのよ。猫が好きな人ばかりではないからね……。生まれたばかりの仔猫を行政センターに連れていかれて……

殺処分されることもあるのよ」
「殺処分!? 殺処分って……殺されるの!?」
「ガス室に入れられてね……」
「……!」
　私は思わず口を手で覆った。
「安楽死はない。ガス室に入れられて苦しんで死ぬの……」
　私は言葉が出なかった。
　気づかぬうちに、目から涙が溢れる。
「殺処分されるのは仔猫がほとんどって言われているの。この梅雨時季にたくさん仔猫が産まれて、どうしようもできなくなった人間が行政センターへ持ち込む」
　猫おばさんは、そう話しながら足元の猫たちにごはんをあげている。
　猫が濡れないよう屋根のある場所で……。
　私……何も知らなかった……。
「でも、悪いことばかりじゃないのよ。こういう猫たちを見守る、地域猫活動というのも進んでいて、私たちみたいに猫にごはんをあげたりして見守ってくれる人も増えているの」
「地域猫活動？」
「そう。街が汚れてしまうから、置きエサはしないとか、汚れたら片づけるとかルールもいろいろあるけどね」
　おばさんは話しながら、嬉しそうに笑うと、
「あそこにいる猫、見える？　耳のカット」
　そう言って少し離れた場所を指さした。

駐車場の車の下で、雨宿りしている茶色の猫。
「耳のカット？　あぁ、はい、Ｖ字に耳がカットされてる」
「避妊、去勢手術をした猫たちの耳にＶ字にカットを入れるの。桜の花びらみたいでしょ。サクラ猫って呼んでるの」
「サクラ猫……」
「ＴＮＲと言って、悲しい猫が増えないようにする活動があるの」
「ＴＮＲ？」
「Trap：トラップ（飼い主のいない猫を捕獲）、Neuter：ニューター（去勢・避妊手術）、Return：リターン（元の生活場所に戻す）。猫を捕まえて、手術をし、元の場所に戻すという意味なの。ＴＮＲ活動。その手術代も良心的にしてくれる獣医さんも今、増えてるの」
　私は、おばさんの話に聞き入っていた。
　悲しいことばかりではないという話に、とても興味を持った。
「野良猫が増えて迷惑だから、エサはやるな！　そう言う人もいる。よく公園なんかにも猫のエサやり禁止なんて看板も見たりするでしょ？」
「あ！　あります！　うちの近くの公園にもそういう看板立っていた気がする！」
「今の世の中、外猫はエサを探して狩りなんてできない。仔猫は食べるものがないからと、虫を食べて生き延びている。それが猫を病気にさせてしまうこともある」
「……虫……」

思わず「うえっ」という顔をしてしまった。
　でも……お腹が空いていたら、なんでも口にしないと生きていけないんだろうな……。
「人間からエサをもらわないと、外猫は生きていけない。かわいそうな猫を増やすのではなく、みんなで地域の猫を見守っていこう。そして、殺処分ゼロにしよう。それが目標ね」
「……殺処分……」
　なんて重い言葉なのだろう……。
　そんなことが実際に行われているなんて、私は知らなかった……。
　1つひとつが大切な命なのに……。
「TNR済みの猫はもう繁殖はしない。だから野良猫ではなく、新たに地域猫という名称に変わって、一代限りの命を住民によって見守られる存在になるの」
「……殺処分ゼロ……地域猫……」
　そういう猫たちのことを理解してくれている人もいるんだ……。
「でも、すべてを理解してもらうのは、まだまだ大変だけどね……」
　強くなった雨に打たれ、レインコートから雫が落ちる。
　遠くの猫を見つめ、微笑んだおばさんの顔が、とてもきれいに見えた。
「あの兄弟の母猫も、仔猫の授乳が終わったら手術しないとね」

「今すぐはできないの？」
「人間だって子どもには母親が必要でしょ？　仔猫も同じ。産後8週までは必ず母猫に育ててもらいたい。母猫と離されて、生きられない仔猫もたくさんいるから。そういう法律がある国も存在するのよ。日本も、この『8週齢規制』が早く法律になればいいんだけどね。なかなか……」
「法律で決められてる国があるの？　すごい」

　日本はまだまだなんだな……。

　その後、猫おばさんは8週齢規制についてさらに詳しく説明すると、
「あ、そうそう、仔猫たちがまた学校に入ったら外に出してあげてね。先生に見つかったら大変だから」
「あ……はい」

　そう言い残して、帰っていった。

　他のところの猫たちを見に行くのかな……。
『見つかったら大変だから』
　私は学校を見上げ、ため息をついた。
　ここにも猫たちの敵がいるってことか……。
　私は、あの兄弟猫のそばへそっと近づいた。
「ニャー」
　母猫が私を見て、かわいく鳴いた。
　仔猫を守るように、抱えているように見える。
　手を母猫の頭の上に乗せ、そっと撫でた。
「……逃げないの？」
　私は話しかけた。

すると、それに答えるように私の手をペロっと舐めた。
「人間が怖くないの？」
　殺処分……。
　命を奪おうとする人間もいるのに……。
　こんなに人間になついている……。
　私はまた涙が溢れた。
　猫おばさんのように、自分たちを守ってくれるのも人間だと、わかっているのかな……。
「ニャー」
　私の顔を見つめ、もう一度鳴いた。
「……ごめんね……私、ごはん持ってないんだ……」
　なんて切ない……。
　なんて悲しい現実なんだろう……。
「……また来るからね」
　私はさしていた傘を猫たちが濡れないように置くと、雨の中を走った。

「ヒサ！」
　名前を呼ばれ振り向くと、そこに優也センパイが立っていた。
「ヒサ何やって……傘ないのか⁉」
　そう言いながら、雨に濡れてビシャビシャになった私に傘をさし伸べる。
「傘……」
　私は呟きながら、センパイの後ろを見た。

それに気づき、センパイも同じほうを振り返った。
「な……」
　ここからでは声は聞こえない。
　私の置いた傘の中で鳴いているのだろう、猫たちが口を大きく開けていた。
「おまえ傘を……」
「あの子たち、雨に濡れてかわいそうだったから……」
「はぁ……」
　センパイは大きくため息をつくと、グイッと私を傘の中に入れた。
「送ってくよ」
　学校から家までそんなに遠くない。
　電車やバスなんて使わなくても帰れる距離だ。
　これくらいの雨なら、歩いて帰れると思った。
　半袖から落ちる雫が、思いのほか雨に濡れてしまったのを気づかせる。
　それが、いつの間にか小雨に変わっていた。
　センパイのさす傘に入るなんて……。
　触れるか触れないかのセンパイとの距離に、ドキドキでいつものように話せなくなっていた。
「……」
　センパイ怒ってるのかな……。
　ドキドキする胸の音が聞こえてしまいそうで、無言に耐えきれず、私はセンパイに声をかけた。
「さっき猫おばさんと話したの。おばさんのやってる地域

猫活動のこととか、サクラ猫のこと……」
「あぁ、俺も聞いたよ。猫たちのために、1人でも多くの人に理解してもらいたいって言ってたな。だから、聞いてくれる人には話してるんだと思うよ。まあ、大森先生にも試みたらしいけど話すら聞いてもらえなかったって」
「そうなんだ……。でも、大森先生らしいよね……。私、何も知らなくて『仔猫だ、かわいいー』なんて……。小さな命……」

『殺処分』、『TNR活動』、『保護猫』、『地域猫活動』。

初めて聞いたことばかりで、こんなにも無知な自分が嫌になる……。
「野良猫は、そもそも誰かに家で飼われていた猫なんだよな。その猫が仔猫を産んで、どんどん増える。結局、野良猫を増やしているのは人間なんだ」
「……うん」
「家で飼われていた猫は、外での生き方なんて知らない。そんな猫を人間は自分の都合で簡単に捨てる」
「うん……。テレビで見る幸せそうな猫は、ごく一部なんだよね」
「……そうだな……。捨てられた猫は、どれだけ怖くて、寂しくて、悲しくて……。飼い主が戻ってきてくれると、ずっと信じながら待ち続けて……。お腹が空いたよ、と鳴き続けて……」
「……」
「そういう猫を救いたいと、おばさんは活動しているんだ

よな」
「うん……」
　センパイの話に、ギュッと胸が痛くなった。
　そんな自分勝手な人間に、あの子たちは、とてもなついていた……。
　きっと、猫おばさんやボランティアの人たちにかわいがられているからなんだろう。
　一歩一歩進める足が、とても重い。
　そこまで遠くない家までの距離が、とても長く感じた。
　家につく頃にはすっかり雨も上がり、せっかくのセンパイとの相合い傘も閉じられた。
「この地域猫問題は根が深い。どうにかしたい……そう思っても、ヒサ1人じゃ難しいと思うぞ」
「……そっ、そんなのわかってるっ」
　心の中を読まれたような言葉に、一瞬ドキッとする。
　わかってるよ……わかってる。
　まだまだ何も知らないことばかり。
　自分1人でどうにかしようなんて思ってないよ……。
　家に帰ったらネットで調べてみようとは思っていたけど……。
「ヒサ!?」
　家の前についた時、ちょうど出てきたママに声をかけられた。
「あんた何、ビシャビシャじゃないの！　遅いから何度も電話したのに」

「あ……そうなの？　ごめん」
　ママのあまりの怒りように辺りを見回すと、たしかに暗くなった空に街灯の灯(あ)りがポカリと浮かんでいた。
　見ると、スマホに何件もの着信。
　話に夢中で、まったく気づかなかった。
「……傘なくしちゃって、優也センパイに送ってもらったの」
「あらあら、ご迷惑かけてすみません」
　ママがしきりに頭を下げる。
「いえ、そんな……」
　ママの迫力に、センパイが後ずさりしたように見えた。
「優也センパイ、生徒会長なんだよ」
　私がそう言って紹介すると、ママの動きが一瞬止まった。
「ママ？」
「生徒会長？　3年生？」
「はい」
「ゆうやくんって言ったわよね……」
「はい、瀬戸優也です」
　ママの質問にセンパイは笑顔で答える。
「もしかして……瀬戸先輩の息子さん!?」
「え!?」
「え？」
　私とセンパイは顔を見合わせた。
「お父さんは、瀬戸純也(じゅんや)さん。お母さんは、優子(ゆうこ)さん」
「そうです」

「まあ！　2人は私とパパの先輩なのよー！　T学園で、1個上の先輩でね。とても仲よくしてもらっていたのー。懐かしいわー。お父さん、お母さんは元気？」
「あ、はい」
　さっきよりテンションの上がったママの様子に、センパイが引き気味だ。
「あ、あ、あ、センパイ！　送ってくれて、ありがとうございましたー」
　私はママを、ぐいぐいと家の中へ押し入れる。
「お茶でも飲んでいけばいいのにー」
「ママ！」
　私はさらに力を込めてママを押した。
「あ……もう遅いんで、また……」
　センパイの顔が引きつっている！
　ママのバカ！　恥ずかしい……！
「センパイ、ごめんなさい」
　私はボソッと言った。
「そう、残念だわー。また今度ね。優也くん、ご両親によろしくねー」
「はい」
　センパイはクスッと笑うと、手を振って歩いていった。
　センパイを見送ると、ママは鼻歌まじりに家の中に入っていった。
　もうママは！
「……」

センパイ、帰り道わかるかな……。
私はセンパイの後ろ姿を見つめた。
雨、上がってよかった。
ママはというと……。
テンション上がりっぱなしで、帰ってきたパパとセンパイの話ばかり。
センパイの両親が、うちの両親と同じ高校出身で知り合いだったなんて……。
ママはよほど嬉しかったんだろう、いつもに増して笑顔が絶えない。
一方、私はといえば……。
センパイに家まで送ってもらったという感動に浸ることもできず……。
猫おばさんの話をもとに、いろいろ調べていた。
地域猫活動。
保護猫活動。
ＴＮＲ。
地域ごとに、いろいろなボランティア活動をしている人が、たくさんいる。
それも、年配の人から若い人まで幅広く。
保護猫カフェって聞いたことあったけど、これもかわいそうな猫たちを幸せにしたいという人たちが作ったものなんだ。
こんなに活動している人がたくさんいるのに、こういった活動を知らない人も多い。

まだまだ認知度は低いものだということも、わかった。
悪質なペットショップや、ブリーダー。
その劣悪な環境の画像を見て、一瞬目を背けた。
猫や犬をお金で買うのではなく、保護した猫や犬を飼ってほしいと訴える。
こんな世の中だったんだ……そう思うと、悲しくて気が重くなった。
人間て、なんて残酷なのだろう……。

日付が変わり、もうすぐ１時になろうとする頃、また雨が降り出した。
雨を見ると、あの猫たちのことが気になって仕方ない。
お風呂あがりに持ってきていたミネラルウォーターを一口飲む。
「……」
水さえ飲めない猫たちが、この世にはたくさんいるんだろうな……。
そんなことを考え始めたら、結局眠りにつけなくなった。
雨音は増すばかり……。

彼女の存在

　梅雨らしい蒸し暑さ。
　昨日から降り続く雨に、なんだか体もダルくなる。
　昼休み、いつもの図書室、いつもの席から大イチョウを眺める。
　キュキュッと曇った窓ガラスを拭き、じっと見つめた。
　よしよし、今日は仔猫たち、学校に入ってきてないな。
　ホッとすると気が緩んだのか、
「ふああぁぁぁ」
　眠気が襲う。
「デカイあくびだな」
「センパイ！」
　やだ、見られてた……。
「寝不足か？」
「え」
「どうせ、昨日の猫の話をネットで調べたりしたんだろ」
「ななな……」
　なんで、それを……。
「図星」
　センパイはそう言うと、クスクスと笑った。
「センパイだって、いつも寝不足だって言ってるじゃない！　そんなことだと、病気になっちゃうんだからー」
「俺は受験勉強ですから」

そう言いながら、参考書をチラッと見せた。
「〜〜〜〜〜」
　もうーー！
「そうだ、ヒサ。あの指輪、元気？」
「え？」
　あの指輪……？
「うん！　もちろん！　もちろん元気だよ！」
　センパイから指輪の話をされるなんて、なんだか嬉しくて、私はポケットに入っている小さなポーチを急いで取り出した。
「こうやって大切に持ってる！」
「持ち歩いてるのか？」
「うん！」
　センパイが驚いたように言った。
「大森先生にでも見つかったら、取り上げられるぞ」
「絶対見せないもーん！」
　センパイは指輪をポーチから出すと、手のひらに乗せ、指輪をじっと見つめた。
「……」
　センパイ？
「……実はさ、この指輪を初めて指につけたのは、ヒサなんだよ」
「え!?」
「渡す前に、彼女と別れたから」
「……それじゃあ、彼女はこの指輪の存在を知らないの？」

「そうだよ」
　そんな……。
　もし彼女がこの指輪の存在を知っていたら……。
　センパイのこの想いを、もし彼女が知っていたら……。
「この指輪は他の誰も指を通してない。もちろん俺も。だから、ヒサに本当に好きな人が現れたら、その人にこの指輪をあげたらいいよ」
「え……」
「今の時代、女から男へっていうのもアリだろ？」
　そう笑うと、センパイは私の手のひらに指輪を置いた。
「……」
　そんな……。
　私は指輪をギュッと握りしめた。
　そんな……。
「誰かにあげるつもりなんてない！」
「ヒサ!?」
　私は無意識に声を上げていた。
「あ……」
　自分でも驚き、とっさに口に手を当てた。
　図書室に誰もいなくて、よかった……。
「……やっぱりこの指輪、私が持ってちゃいけない気がする……」
「ヒサ、ものすごく欲しがってただろ？　もう俺が持ってても、しょうがないんだ」
「……彼女と……別れたから？」

そんなに彼女のこと……。
「また、別に好きな人ができたら、その彼女にあげたらいいじゃない……」
　私はセンパイを見ることができずに、うつむいていた。
「……もしヒサは、好きな人と離ればなれになったらどうする？」
「え？」
「その人を忘れず、想い続けていられる？」
「……」
「……俺が遠くの大学に行くと知って、彼女は耐えられなかったんだよ。離れてしまったらもう無理だって。何年も離れて、それでもお互忘れず好きでいられる自信があれば、きっと彼女と別れてなかったと思う」
「……」
『その人を忘れず、想い続けていられる？』
　私はセンパイのその質問に答えられずにいた……。
「たぶん、もうこんな恋愛はしないかな」
　重い言葉……。
　一番聞きたくなかった……。
　私なら、どんなに離れていても、忘れたりしない。
　ずっと、ずっと、センパイを好きでいるのに……。
　そう言いたかった……。
　センパイがまだ彼女を好きな気がして、どうしても言葉にできなかった……。
　センパイに想われていた彼女が、うらやましい……。

――ガラッ！
「生徒会長！」
　重い沈黙を破るように図書室の扉が開き、１人の女子生徒が優也センパイに声をかけた。
「副会長が、学園祭の件で話したいことがあるそうです。先生に呼ばれて、先に職員室に行っている。そう伝えてくれと言ってました」
「あぁ、わかった。すぐ行く」
　そう返事をすると、センパイは立ち上がった。
「……」
　あ……あの子、見たことある……。あの子も１年生だ。
　たしか、入学式で新入生代表として壇上に上がっていた。
　すごくキレイな子だから印象に残っていた。
　あの子、生徒会だったんだ……。
　カオの話どおりだな、生徒会は美男美女が揃ってるって。
「！」
　センパイとその子が話している姿を見つめていると、その子と目が合った。
　ベリーショートの黒髪。
　ストレートのサラサラの髪が、動くたび揺れる。
　そして、黒目がちの大きな瞳がとても印象的で……。
　すごくキレイな子……。
　でも、視線を外さない私を見る目が、とてもキツく、鋭く感じた……。
「じゃあな、ヒサ」

「……うん……」

　私はポーチにしまった指輪を、気づかれないよう急いでポケットに入れた。

　ふと窓の外を見ると、大イチョウの下に傘が2つ。

　え!?

　バン！

　私は思わず窓にへばりついた。

「ヒサ？」

　その音に、図書室を出ようとしていた優也センパイが驚いてこちらへ近づいてきた。

「！」

　雨の中、あの場所に傘が2つ並ぶ……。

　よく目を凝らして見ると……。

「大変！」

　私は図書室を飛び出した。

「ヒサ!?」

　どうして……どうしてバレた!?

　湿気で濡れた廊下に足が滑る。

　急いでいるのに思ったように走れない。

　靴なんて履き替えている余裕はなかった。

　B棟から外へ飛び出すと、上履きのまま大イチョウのところへ走った。

　はぁ……はぁ……。

　近づくにつれ、怒鳴っているような声が聞こえた。

　やっぱり……。

「大森先生！」

　はぁ、はぁ……。息が切れる。

　私の呼ぶ声に驚いたように、大森先生が振り返った。

「柏木さん!?　どうしたの？」

「あ……いえ……」

　見ると、大森先生の前に仔猫を抱えた猫おばさんが立っていた。

　やっぱり……仔猫、学校に入ってきちゃったんだ……。

「以前から言っているでしょう!?　学校の敷地内に猫を入れないように！って」

「……すみません……気をつけていたんですが……」

　猫おばさんが何度も頭を下げる。

「まったく！　敷地内に糞尿でもされたら困るんですよ！１匹入ってくれば、他の猫も集まってくるでしょう!?」

「あ……あの、大森先生……」

　私は恐る恐る声をかけた。

「なんなの!?　柏木さん、何か用なの!?」

「あ……いえ……」

　大森先生の声が、だんだん大きくなる。

　イライラしているのがよくわかる。

「そんな泥だらけで汚らしい！」

「！」

　私は大森先生のその言葉に耳を疑った。

　こんな小さな子が、こんな雨の中で頑張って生きているのに……。

「ヒサ！」
 優也センパイが、私の後ろから走ってきた。
「大森先生どうかしたんですか？」
 先生を落ちつかせようと、センパイが声をかける。
 それでも、大森先生の興奮は収まる様子はなかった。
「何度も言いますけど、自分のところで飼えないのなら、行政に電話します！　早く処分してもらって！」
 その言葉に私の何かがキレた。
「ちょっと！」
 私は大森先生に声をかけた。
「ヒサ！」
 私を止めようと、センパイが私の腕を掴む。
 私はセンパイの手を払った。
「ちょっと待って！」
「柏木さん!?」
 私の大声に驚いたように、大森先生と猫おばさんが同時に私を見た。
「私が飼います！」
 私の言葉に、3人の動きが止まる。
「柏木さん……何を言ってるの!?」
 大森先生が驚いたように言った。
 何か麻痺してしまったのか……。
「おおお、親猫も！　ささ、3匹！」
 私はそう、みんなに見えるよう3本指を目の前に立て、言いきってしまっていた。

繋いだ命

「……バカか……」

　図書室に戻ると、優也センパイから呆れたような口調の言葉が飛んできた。

「……だって……」

　私はうつむいた。

「あんなこと言われて、黙ってなんていられない。何も知らないからって、処分なんて簡単に言うなんて……」

　大切な命。

　だからこそ、あんな簡単に「処分」なんて言えてしまう、大森先生が許せなかった……。

　もう……本当に、本当に、あの人嫌い……。

「だけど……」

「だけど？」

「……何も伝えられなかった自分が情けない……」

　私はまたうつむいた。

　外猫が生きていくための過酷さ、それを守っていこうとしている人間たちのこと。

　私はそれを伝えることができなかった……。

「ヒサの気持ちはわかるよ。こんなこと初めてじゃないから」

「……」

「話そうと思えば、とっくに猫おばさんが話しているだろ

う。聞いてもらえないのもあるけど、大森先生には何を話しても通用しないと感じたのかもしれない。それに大森先生が、このままで済ますわけないって……」
「うん……」
　大森先生のあの顔を見れば、相当イライラしていたことがわかる。
　あんな様子じゃ、猫おばさんも何かを伝えること躊躇してしまうかもしれない。
「でもヒサ、あんなこと言って、猫を飼えるわけじゃないんだろ？」
「……」
　たしかに……うちで動物を飼ったこともない。
　パパとママに聞いてみないと、本当はなんとも言えない。
「でも！　私には、猫を飼ってもらえる秘策があるんだ！」
「秘策？」

　人馴れしていない野良猫を家で飼う、そう簡単ではないことはわかっている。
　猫おばさんもそう言っていた。
　仔猫ならまだしも、親猫はなつかないかもしれない。
　里親探しをするまでに、人に馴れさせなければいけない。
　それでも、その猫の一生を見ていけるのか……。
　その覚悟があるのか……。
　猫を保護し、里親探しをして、猫を譲渡するのも厳しい審査があるって……。

ただ、あの親猫は人に馴れていた。
　だから比較的、飼いやすいかもしれない。
　外は雨……。
　今もあの子たちが、この雨に打たれ、鳴いているのかと思うと胸が痛んだ……。
　ううん、あの子たちだけじゃない。
　外にいる猫たちは、みんなこの冷たい雨に打たれ、お腹が空いたと鳴いているんだ──。

「猫？」
　パパとママが声を合わせ、驚いている。
　何も言わず連れてきちゃえばよかったかな……そう思ったけど、そんなこと、猫おばさんが許すわけないし……。
　食後のコーヒーをテーブルに置くと、ママは夕飯のあと片づけをするためキッチンに入りつつ、言った。
「なに言ってるのヒサ、猫なんて飼えないわよー。そもそも生き物を飼ったことないんだから」
「わかってる！　でもどうしても飼いたいの！　そうしないと……あの子たち死んじゃう！」
　てか、大森先生に殺されちゃう！
「あの子たちって、１匹じゃないの!?」
「……うん」
　私は返事をしながら、指を３本立てた。
「３匹!?」
　ママがさらに声を裏返らせ、驚いた。

「なに言ってるのよー、そんなに飼えるわけないでしょ。ねぇあなた、なんとか言ってちょうだいよ」

　パパに助けを求めるように、話を振った。

「んー？」

　新聞を読みながら、パパは気のない返事をする。

「んー、ママがよければいいんじゃないか？」

「あなた！」

　私はパパに飛びついた。

「パパありがとう！　ほら、ママ！　パパもこう言ってるし」

　私はソファに座るパパと、キッチンに立つママを行ったり来たり、せわしなく動き回る。

「もう、あなたそんなこと言ってー。結局面倒みるのは私になるでしょう？」

　ママは呆れたように、パパに言った。

「ちゃんと私がみる！　もちろん学校に行っている間はママにお願いしなきゃいけないけど……。他は全部私がみるから！　それに！　私まだ、入学祝いの指輪を買ってもらってない！」

「なっ……その指輪、売りきれてたって言ってたじゃない！」

「だから！　指輪はいらないから！　お願い！」

　私は、あと片づけをしているママのまわりを邪魔するように、くるくる回り続ける。

「それとこれとは、全然違うでしょ!?」

"邪魔邪魔"と言うように、何度もキッチンから追い出されそうになる。
　パパは「そっちに任せるよー」と言いながら、テレビのスイッチを入れた。
「もう！」
　ママはため息をついた。
「仔猫3匹なんて、飼えませんよ！」
「……1匹、親猫なんだけど……」
「は!?」
　私の言葉に、ママはさらに驚いた。
「なに言ってるのー！」

「……ダメだった……」
「え？」
　ガクっと肩を落とす私の言葉に、優也センパイは驚いて、持っていたサンドイッチをポロッと落とした。
「あ……落ちた」
「なんだよヒサ、突然」
　そう言いながら、机を拭いた。
　お昼の図書室。
　いつもの席にいたセンパイへの第一声がそれだった。
「猫……3匹はダメだって……」
「ん？　3匹ダメって？」
「2匹ならいいって……」
「……まぁ仕方ないよな。それでも飼うこと許してくれた

だけでも、驚きだけど……」
「そうだけど、１匹だけ置いていくなんてできない……」
「……」

センパイは黙ってしまった。
「今朝ね、猫おばさんと話したけど、母猫は今まで外で暮らしていたから、手術して元の場所に戻しても大丈夫だろうって……。仔猫は保護して里親を探すつもりだったらしいけど……。でも……」
「でも？」
「……」

センパイの問いかけに答えることができなかった。

猫おばさんから聞いていた、８週齢規制のこと。

産まれて８週たたない仔犬や仔猫を、親兄弟姉妹から引き離してはいけないというもの。

人間だって同じ、人は１人では生きていけないと思う。

誰かを守り、守られ生きていく。

あの子たちから母猫を引き離してしまうなんて……。

しかも、この厳しい外の世界へ帰すなんて……。

でも、早く決断しないと、大森先生の魔の手が迫っているし……。
「……」

はぁ……。

私は大きくため息をつき、空を見上げた。

今にも雨が降り出しそうな黒い雲が、一層私の胸の中を暗くさせた。

「──わかったよ」
「え?」
　突然かけられたセンパイのその言葉に、私は振り向いた。
「帰りに猫おばさんに話してみるよ。外へ戻すんじゃなく、母猫も里親を探してもらえないかって」
「うん!」
　私は、ズズッとセンパイに寄った。
　何度もため息をつく私を、見かねたセンパイからの言葉だった。
「私も行く!　私も猫おばさんにお願いする!」
　私は無言でその場をくるくる回った。
　それを見てセンパイが吹き出す。
　センパイが協力してくれたら、すべてが上手くいく気がした。
　まだ何も解決してないのに、あの子たちが今後怖い思いをしないで生きていけるかもしれないと思うと、踊り出してしまうくらい嬉しかった。
　もちろんあの子たちを保護しても、外の野良猫たちがいなくなるわけではない。
　寒い冬も暑い夏も頑張って生き抜いて、非情な人に見つかれば、いじめや虐待、行政センターに連れていかれて殺処分……。
　その仕組みを、私は初めて知ったのだ。
　それらを考えると、私に何ができるのか?　と、頭を痛めてしまう。

何もできない無力な自分……。
あの時、大森先生にさえ何も言えなかった自分……。
情けない……。
でも、猫おばさんは言っていた。
自分の飼っている猫を愛して終生飼育してくれる、それだけで十分なのだと……。

放課後。
相変わらず忙しいセンパイを待ちながら、私は先にあの猫たちのところに来ていた。
猫おばさんが来ると、どこからともなく猫がまわりに集まってくる。
ごはんやおやつをくれると思うのだろうか。
猫おばさんと一緒に来た女性も、ボランティアの１人だという。
広い庭の一角には猫用の発泡スチロールでできた家や、しっかりとした木でできた家やトイレなど数個が並び、外猫たちを守っている様子がよくわかる。
それを見て、とても嬉しくなった。
「動物だから、糞尿するのは当たり前。でも、それらを適切に処理して清潔を保ち、避妊、去勢手術をすれば静かになるし、猫同士のケンカも少なくなる。そうすれば近隣との揉め事も減るし、野良猫を守ることに繋がる」
猫おばさんは、そう言っていた。
野良猫に避妊、去勢手術なんて自然の摂理に反すると思

う人もいるだろう……。
　正直、何が正しいなんてないかもしれない。
　でも、悲しい猫たちを増やさないため、この世界で人間と野良猫が共存するためには、これが一番の方法なのかもしれない。
　私は猫たちにごはんをあげながら、そう考えていた。

「おいおいおい、いつからボランティアに仲間入りしたんだ!?」
「へ?」
　その声のほうを見上げると、そこに優也センパイが立っていた。
「センパイ!」
「猫たちに囲まれて、何やってんだよ」
「あ……だって、センパイ待ってたら、ちょうどこの子たちのごはんの時間だっていうから、お手伝いを……」
「まったくー」
　そう言うと、センパイは私の隣にしゃがんだ。
「みんな馴れてるな」
「うん、みんないい子なの」
「みんなサクラ耳カットされてる」
「うん、タローとヒゲジローのお母さんだけが、まだなんだって」
　センパイと話しながら、猫のカリカリごはんの袋に手を入れる。

センパイも同じように袋からごはんを取り出すと、猫たちにあげ始めた。
「みんなもうお腹いっぱいになったかなー？」
「この茶白の猫すごい丸々してるなー、食いすぎじゃないのかー」
　センパイは笑いながら、猫たちを撫でた。
「ホントだー。お腹が地面にくっつきそう」
　ガサッ。
　そう言いながら、また猫のごはんの袋に手を入れた。
　ドキン！
「！」
　袋の中でセンパイの手に触れた。
　ドキン……。
　ドキン……。
　センパイと視線が重なり、私はとっさにうつむいた。
　触れたままの手を、動かすことができない……。
　その時。
　カサッ。
「え？」
「え？」
　カサッ。
　カサッ。
　カサカサという音に目を向けると、私とセンパイの手が入った袋の中に自分の手を入れ、ガサガサとカリカリごはんを取り出そうとしている猫——。

「ぷーーーっ」
　私は思いきり吹き出した。
　袋の中に手を入れ、私たちを見て笑うように「ニャ」と小さく鳴いたのは、タローとヒゲジローのお母さん。
　この子かわいいー！
　私は笑いが止まらなかった。
「サビ子ー！　おまえ食い意地はってんなー」
　センパイもそう言いながら大笑いした。
「サビ子!?」
「そ、こいつサビ子」
「……ぷーーーっ」
　私はまた吹き出した。
「なんだよ」
　たしかに……たしかに、この母猫はキレイなサビ柄の猫だけど……名前そのままって……そのままって……。
　相変わらずのセンパイのネーミングセンスに笑えた。
「……」
　私はセンパイの手に触れた自分の手を見つめた。
　なんだかいつも邪魔ばっかり……。
　そう思いながらセンパイを見ると、猫たちと戯れる、優しいセンパイの目一杯の笑顔を見られることが嬉しくて、「ま、いっか」と思えてしまう。
　少しずつ……少しずつでもいい。
　もっとセンパイと近くなりたい。
　いろいろなセンパイを知りたい——。

「雨が降ってきたから、そろそろ片づけるわねー」
　そう猫おばさんに声をかけられ、外を見ると、黒々とした雲から大粒の雨が降り出していた。
　カラになったごはんの器を片づけ始めると、今までたくさんいた猫たちも、それぞれに帰っていく。
「うわっ、けっこう降ってきたなー」
　スコールのように一気に降り出した雨に、センパイは空を見上げた。
　辺りは一瞬にして水浸しになった。
　バタバタと急いで片づけを手伝っていた、その時——。
　キキキキーーーーー！
　車の激しいブレーキ音が耳を貫いた。
「サビ子——！」
　私が振り向くよりも早く、センパイは私の横を走りすぎていった。
　何!?
　車に駆け寄るセンパイの後ろ姿。
　そこには前輪のそばに横たわるサビ子の姿があった。
　何が……。
　これから優しい里親さんを探そう……そう思っていたところなのに……。
　外猫の世界は過酷だとわかっていたのに……。
　ザーーー。
　どんどん激しくなる雨音だけが耳に響いていた。
「ヒサ！」

呆然と立ち尽くす私は、センパイの声で我に返った。
　猫おばさんたちも急いで駆け寄った。
「ヒサ！」
「！」
　赤く染まったセンパイの制服。
　センパイはサビ子を抱えて走り出した。
「センパイ！」
　センパイの後ろ姿に、私は大きく叫んだ。

　あの時のセンパイの横顔は忘れない。
　激しい雨に打たれ、血で染まった制服。
　私を呼ぶ険しい顔。
　サビ子を抱え走る姿……横顔。
　ただ立ち尽くすだけの私……。
　サビ子に何かあったら……と、泣きじゃくる弱い自分。
　本当に……本当に……弱い……自分。

「……サビ子はうちで飼うよ」
「え？」
　数日後、私たちはいつもの図書室で話していた。
　幸いサビ子は、車に接触しただけで済んでいた。
　右頬を切ってしまっていたけど、その他はなんともなく無事だった。
　あの時、私たちの横でかわいらしく鳴いていたサビ子を思い出すと、ギュッと胸が締めつけられ、また泣きそうに

なった。
　センパイは手で顔を覆うと、ほぅ……と息を吐いた。
「……センパイ」
「慣れないよな……こんなこと」
「え？」
「１匹飼っても野良猫がいなくなるわけじゃない。今回のようなことがいつあるか……。外猫たちを見守っているボランティアさんは、こういう経験をいつもしているんだと思ったら……怖くなった。あの人たちはすげーなって思った……」
「うん……」
「命を守っていこうとする人って、すげーなって思った」
「うん」
　センパイのその言葉に、また涙が出そうになった。
　人間も動物も関係ない。
　１つの命を守るということの重み。
　私はあの時のセンパイの姿、忘れないよ。
　サビ子を抱え、動物病院まで走ったセンパイの姿。
　私を呼ぶセンパイの声。
　あんな険しい顔のセンパイを見たのは初めてだった。
　怖いとさえ思った。
　でもあそこにいたのがセンパイでよかったと、心から思った……。

　その後、サビ子は退院すると、そのままセンパイのうち

の子になった。

　タローとヒゲジローはまだ猫おばさんが見てくれていて、その後、動物病院へ連れていき、ひととおりワクチンなどを済ませたあと、うちへ連れてきてくれることになっている。

　本当に飼えるのか、親は知っているのか、脱走防止策はどうか、きっとそれらを確認するために来るのだろう。

　そこまでしなければいけない。

　命の重み。

「飼う」

「捨てる」

　言葉にすれば、どれだけ簡単で軽いものだろう……。

　梅雨明けは、まだまだ先かな……。

　週の半分以上は雨だ。

　憂鬱に過ごす1日1日を、楽しみに変えてくれる存在が、今日我が家にやってくる。

　この日、雨が強く降る中にもかかわらず、猫おばさんが2匹の猫を連れてきてくれた。

　タローとヒゲジロー兄弟だ。

　毎日毎日、この日を楽しみにしていた。

　話を聞いてみると、譲渡条件はとても厳しい……。

　パパもママも驚いていた。

　いくつもの条件を承諾したところで、やっとサインを交わす。

そもそも猫好きのパパはとても嬉しそうで、あれだけ渋っていたママも、2匹を見たら「まあ！」と、目の色が変わった。
　ママは2匹に名前を考えていたようだけど、私はそのまま「タローとヒゲジローにする！」と言い張った。
　だってそれは、優也センパイがつけた名前だから。
　そのことは、誰にも秘密だけど。
　猫おばさんも、とても嬉しそうで、私たちに何度も頭を下げた。
　地域の猫を、いつも守ってくれている人……。
　猫たちに出会えたことを感謝しなければいけないのは、私たちだと思う。
　母猫と離してしまうのはかわいそうだけど、母猫はセンパイのうちにいると思うと安心できた。

ライバル

　タローとヒゲジローが来てから3週間弱。

　仔猫の成長は早い。

　すくすく育っている。

　外にある危険なことや、学校に入ってきてしまう心配からは解放された。何より大森先生に何かされなくて済むと思えるだけでも、心穏やかになれた。

　あんなにいろいろ言っていたママも、今は私より猫たちにベッタリだ。

　2匹は、キジトラ白という柄らしい。

　褐色に黒い縞模様の毛色。それに白ブチが入っているのが、キジトラ白というらしい。

　白が多くなると、脳天気な明るい性格が多いという。

　ヒゲジローがそのタイプかなぁ。

　ヒゲつけて、顔はオジサンぽいけど。

　最近、図書室でセンパイと話すことは、猫たちのことが多い気がする。

　タローやヒゲジロー、サビ子のこと、猫おばさんやボランティアの人たちのこと。

　センパイは驚くほど動物のことに詳しくて、いつもセンパイの話に聞き入ってしまっていた。

　あの子たちに出会わなければ、命の尊さにも気づかず、センパイとの距離もこんなに近くはなれなかったかもしれ

ない。
　とりあえず、大森先生の様子にも変わったことはないし、他の地域猫も心配はないかな。

　あれから３週間もたつというのに、梅雨明けのニュースは聞かない。
　このままじゃ、梅雨明けしないまま夏休みを迎えてしまいそうで怖い。
　今日も朝から降り続く雨に、図書室から見る景色も真っ暗だ。
　いつもの席に座るセンパイ。
　相変わらず大変なのかな……。
　受験勉強の途中で寝てしまったようだ。
　机の上には参考書やノートが広げられている。
　メモには、秋にある学園祭のことが書かれていた。
　私が見たって、全然わからないけど。
　雨続きの毎日で、学校の冷房もちょっと寒さを感じる時もある。
　センパイの座るイスの背もたれにかかった、薄手のブルーのカーディガンを手に取ると、寝ているセンパイにそっとかけた。
「ん……」
　センパイは目を覚まし起き上がった。
「あ……ごめんなさい。起こしちゃった……」
「ん……ヒサ……？」

センパイは頭を抱えると、まわりを見回した。
「……ここは……」
「え？」
「どこ……だっけ？」
「センパイ？　どうしたの？　図書室だよ」
「……あぁ、そうか……寝ちゃったのか……なんだか寝ぼけてたみたいだ」
「もー驚かさないでー。センパイ疲れてるんじゃない？　受験勉強に生徒会のことに……」
　私はセンパイの顔を覗き込んだ。
「……そうだな……。秋の学園祭、何をやるかいい案がなくてな……」
　そう言いながらため息をつくと、ペットボトルの烏龍茶を一気に飲んだ。
「あーダメだな。頭がボーッとする」
「センパイ大丈夫!?　夜、眠れてる？」
「んーそういえば、最近は寝不足だな……」
「……」
　センパイ……。
「生徒会長！」
　図書室の扉が開くと、１年生のあの子が入ってきた。
「生徒会長どうしたんですか？」
　センパイに近づきながら、その子が声をかけた。
「え？」
　センパイが不思議そうに返事をする。

「学園祭の件が決まらないから、今日は早めに打ち合わせを始めるって……生徒会室にみんなもう集まってます」
「えっ……あ……そうだっけ？　悪い、すぐ行く」

　そう言うと、慌ててノートや参考書をカバンに詰め込みはじめ、
「ヒサ、じゃあな」
「あ……うん……」

　バタバタと片づけて、センパイは図書室を出ていった。
「……」

　センパイどうしちゃったんだろう……。

　相当疲れているみたい……。

　センパイのことが気になり、センパイが出ていった図書室の扉を見つめた。
「！」

　私の視界を遮るように立つ影。

　一歩、二歩……私に近づく。
「私、A組の田辺(たなべ)っていうんだけど……。田辺奈々(なな)」
「タナベ……ナナさん？」

　ベリーショートで黒髪の彼女が、突然私に話しかけてきた。
「柏木さん、生徒会長……優也先輩のことが好きなの？」
「えっ!?」
「私も好きなの」
「！」

　あまりのストレートな言葉に、驚いて声も出せなかった。

「最近、生徒会長とよく一緒にいるけど、あなたが生徒会長の彼女になるとか、考えられない」
「……」
「３年の生徒会長にとって、今度の学園祭はラストなの。絶対成功させたい！って、そのことで毎日頭を抱えている。生徒会長は忙しいんだから、まわりをウロチョロされると迷惑なの！」

　そう言い捨てると、田辺さんは図書室から出ていった。
　前に図書室で会った時の、私を見つめるキツく鋭い視線……その意味が今、わかった気がした。
「……」
　私は圧倒され、その場に立ち尽くしてしまっていた。
　すごい……自分の気持ちをあんなにストレートに言えるなんて……。
　自分に自信がなければ、言えないよね。
　センパイは有名で、人気があって……。
　センパイを好きな人は、きっとたくさんいて……。
　指輪のことや猫のこと、センパイとの秘密がちょっとあるからって自分は特別かのように勘違いして、うぬぼれていたのかもしれない……。
　なんの魅力もない私……。
　自分に自信なんて持てない……。
　あの子のように『私も好きなの』って言えることが、うらやましい……。
　私はガックリと机に顔を伏せた。

見ると机の下に、1枚のメモが落ちていた。
　学園祭のことを書いては消し、書いては消し、ぐしゃぐしゃに黒く塗りつぶされていた。
　センパイが書いたんだ……。
　これを見ると、どれだけセンパイが学園祭のことで悩んでいるのかがわかる。
「……」
　受験、生徒会、学園祭、そして別れた彼女の存在……。
　センパイは考えることがいっぱいなのに、私は毎日毎日ここへ通って……。
　猫のことばかり話して……。
「……私、センパイの邪魔ばかりしてたんだ……」
　いろいろなことをセンパイと話して、それが嬉しくて。
　忙しいセンパイと何もない自分。
　自分とセンパイの立場の違いを思うと、自信の持てるものが何もない自分に胸が痛くなった。

　空は真っ青に晴れ渡り、真夏の太陽がコンクリートの壁を、眩しく照りつける。
「あつーーーー」
　私は教室の机に顔を押しつけ、溶けてしまいそうな感覚と戦っていた。
　いつの間にか梅雨は明けていたようで、午後の陽光はジリジリと音が聞こえてきそうなくらい強く、気温は高くなっていた。

おかしい……。

冷房が入っているはずなのに、この暑さ……。

梅雨の時のあの肌寒さがウソのようだ。

梅雨のまま夏休みに入っちゃったほうが、まだマシだったかもなぁ。

梅雨明けをいいことに、容赦なく照りつけるお日様に、暑くて暑くて死にそうになる。

こんなんじゃ夏本番が思いやられる。

田辺さんの告白から……。

私は図書室へ通うのをやめていた。

本当はセンパイと話したいことがいっぱいある。

仔猫、タローとヒゲジローもすくすく大きくなって、顔つきが変わってきた写真も見せたいし、センパイの家にいる母猫サビ子のことも……。

いっぱいいっぱい話したいことがあるのに……。

そもそも図書室から見える２本の大イチョウを見たくて通っていたのに、いつの間にかセンパイに会いたいという思いが強くなっていた。

でもきっと、私はセンパイの邪魔ばかりしていたんだろうなぁ……。

センパイは優しいから、何も言わず私の話に付き合ってくれていたのかも……。

そんなことにも気づかず、田辺さんの言葉で初めて気づくなんて……。

考えれば考えるほど、へこんだ。

「ここからじゃ、大イチョウ見えないなぁ……」
　はぁ……私は、窓の外を見ながら大きくため息をついた。
「ヒサ！」
　昼休み、トイレに行ったはずのカオが、慌てた様子で教室に戻ってきた。
　息を切らし、私の元へ駆け寄る。
「ヒサ大変！」
「何!?　どうしたの!?」
　あまりの慌てぶりに、私も飛び起きた。
「先輩が……優也先輩が倒れて保健室に！」
　ガタン！
　カオの話も途中に教室を飛び出し、保健室まで走った。
　【廊下は走らない】という張り紙も無視して、私は保健室に飛び込んだ。
「はぁ……はぁ……」
　息が切れる。
「ヒサ！」
　真夏にこんなに走ることなんてない……。
　一気に体が重くなるようなダルさを感じた。
「センパ……イ……」
　保健室にはセンパイ1人、ベッドに横になっていた。
　私の様子に驚き、体を起こす。
「ヒサおまえ、なに泣いてんの？」
「……」
　いつの間にか涙が溢れて……。

「……っ……うっ……」

　息が続かないかと思うくらい、次から次へと涙が溢れてくる。

「だって……センパイが倒れたっていうから……びっくりして……」

「ぷっ……そんな顔して、こっちがびっくりするだろー。俺はただの寝不足と貧血だよ」

「笑いごとじゃない！　倒れるほどの寝不足なんて、自分の体もっと大切にしてよ！」

　何もなかったように笑うセンパイに、なんだか腹が立って、私は大声で怒鳴っていた。

　こんなに……。

　こんなに心配しているのに……。

「ヒサ……」

　一度、溢れてしまった涙は、まったく止まらなくて……。

「そこまで頑張らなきゃいけないの!?　学園祭も大切だけど……」

　センパイの体のほうがどんなに大切か……。

「ヒサ……そんなに泣くなよ」

　そう言いながら、ポンポンと私の肩を叩く。

「～～～うっ……うっ……」

「まったくもう……。これから気をつけるから、もう泣きやんでくれよ」

　センパイの手が私の頬に触れた。

　溢れる涙を何度もぬぐう。

センパイ……。
優しい大きな手……。
ずっとずっと、触れていてほしい。
そう思った……。
センパイの邪魔をしちゃいけないって、わかってる。
センパイのためだって、わかってる。
でも……センパイに会えないことがこんなにも辛いなんて……。
センパイに会えなかったこの数日が、とても長く感じた。
もうとっくに昼休み終了のチャイムは鳴っていた。
早く教室に戻らないと、また大森先生に怒られる……。
センパイのそばにいたい気持ちを抑え、保健室を出ると、少し離れた廊下に田辺さんが立っていた。
「……」
私はそのまま、田辺さんの横を通りすぎる。
「諦めるつもりはないみたいね？」
通りすぎた瞬間、そう声が聞こえた。
私はゆっくりと振り返る。
「教室に戻るんでしょ？　行こう」
「……」
私が無言でいると、田辺さんはそう言って歩き始めた。
重い空気が流れる。
どれくらいか歩いたところで、田辺さんがチラッと私のほうを見た。
「私はもうとっくに、生徒会長のこと諦めてるの」

「え!?」
　この間の言葉と正反対の思いがけない言葉に、驚いて声を出してしまった。
「私の家、学校の近くで美容室をしててね、ここの生徒も来るし、学校が近いから生徒会長の存在も知ってた。すごく人気がある人だって、ずっと憧れてた。でも……」
「……」
　でも？
「柏木さん、生徒会長の彼女、見たことある？」
「ない……」
「ものすごく美人でね。こんな人いるのか……ってくらいキレイで……。その辺のタレントなんて目じゃないくらい美人で……」
　田辺さんもとっても美人なのに、その田辺さんが言うくらいだから、相当な美人なんだろうな……。
「生徒会長と彼女、とってもお似合いで、美男美女で……。2人を見た時、私は一瞬にしてその2人の雰囲気を壊しちゃいけないって思った。2人のその姿に憧れた」
「……」
「こんな人が彼女じゃ、勝ち目はないなって。だから、すんなり諦めることができた」
「……」
　田辺さんの話に、私は何も言えずにいた。
　自分の教室が近づくと足を止め、田辺さんは私のほうを見た。

「生徒会長と彼女が別れたと知って、生徒会長を追いかける子は増えた。生徒会長は誰のことも眼中にないけど。でも、あなたは違うみたい……」

　私を見つめる田辺さんの目が鋭くなった気がした。
「私は認めない。あなたが彼女になるなんて、私は認めないから！」

　再び念を押すような忠告。
「……」

　田辺さんはそう言うと、自分の教室に戻っていった。

　田辺さんにあそこまで言わせてしまう、センパイの彼女ってどんな人なんだろう……。

　私もその彼女を見たら、田辺さんと同じことを思うのだろうか……。

『何年も離れて、それでもお互い忘れず好きでいられる自信があれば、きっと彼女と別れてなかったと思う』

　あの時の重い言葉……。

　嫌いで別れたんじゃない……。

　今もまだ好き……。

　そう言われているようで……胸が苦しい……。

　また涙が溢れて……。

　このまま教室になんて戻れない……。

　私はそのまま、自分の教室の前を通りすぎた。

真夏の夜の夢

「あつーーーー、死ぬーーーー」
　私は教室でへばっていた。
　毎日毎日のこの暑さ。
　風も、まったくない。
　冷房が入っているなんて、絶対ウソだ。
　この教室の熱気で、めまいを起こしそうになる。
　しかも、窓際の席というのが最悪だった。
　私は机に伏せたまま空を見る。
　長く伸びた入道雲が、なんだか暑さを増すようで、見ていて腹が立った。
「あーーーーー」
　私、何イライラしているんだろ……。
　今思えば、なんで私が田辺さんにあんなこと言われなきゃいけないの!?　と、思ったりもする。
　でも、本当のことなんだから仕方ない……なんて思ったりもして……。
　暑すぎて、頭が余計にバカになった気がする。
　何も考えられない。
　優也センパイは元気になって、毎日生徒会を頑張っているらしい。
　こういうのを「風の便りに聞いた」とか言うのかな。
　誰から聞いたのか、小耳に挟んだのか、それさえも思い

出せない。
　学園祭のことも早く決めないと、夏休みに入っちゃうもんね……。
　もうずっと、私は図書室に行っていない。
　なんだか怖くて行けない……。
　何もなかったように今までどおりに振る舞えばいい。
　でも、センパイの前ではできない気がして……。
　弱い自分……。
　センパイの前でドギマギするより、うるさい大森先生のいる教室で過ごすほうが、まだマシとさえ思ってしまう。
　ホント、情けない……。
「……はぁ……」
「ヒサー、何よその大きなため息ー」
「んー」
　頬杖をつき外を眺める私に、カオが声をかけてきた。
「初恋が実らないって、本当なんだねー」
「はあぁ!?　初恋ってヒサが!?　そんなの初耳だけどー」
　カオは不思議そうに頭をかしげた。
　きっと勇気が持てず、こうやってウジウジして何も行動できないから、初恋って叶わないんだろうな……。
　なるほどねー。
　昔の人はよく言ったもんだ。
「ちょっ……ヒサ……」
「んー？」
　カオが私の肩を、ゆらゆら揺らす。

なんだか教室がざわめいていることに気づいた。
「ヒサちょっと！」
　肩を揺らすカオの手が、いつの間にかバシバシと私の肩を叩いていた。
「いたっ……何!?」
　私を叩くその激しさに耐えかねて、私は渋々振り返った。
「え……」
「ヒサ！　優也先輩！」
　振り向くと、教室の後ろのドアに、優也センパイが立っていた。
「……」
「柏木さん、ちょっと」
　優也センパイの口から私の名前が呼ばれた。
「はいっっ！」
　私は慌てて立ち上がる。
　こんなところに３年生が……しかも、生徒会長……。
　クラスの女子たちは大騒ぎになっていた。
　心なしか、みんなの視線が痛い。

「まったく、なんで俺が１年の教室に、おまえを迎えに行かなきゃいけないんだ」
「〜〜〜」
　私とセンパイは図書室に来ていた。
　なぜだかわからないまま、私はセンパイに怒られている。
「タロー、ヒゲジローのワクチンのことで話があるからっ

て、猫おばさんが言ってたぞ」
「あ、ワクチン、そうだ……」
「まったく、ヒサが図書室に来ないから、結局迎えに行く羽目になった」
「……」

　無言の私を、センパイがチラッと見た。
「センパイ、忙しいから邪魔しちゃいけないと思って……」
「なに言ってんだよ。今まではそんなことおかまいなしに、マシンガンのようにしゃべり倒してたくせに」
「〜〜〜ッ」

　それは……あの時までは、まだ自分のセンパイへの気持ちも不明確であって……ブツブツ……。
「何ブツブツ言ってんだ」
「……」

　また怒られた……。
　私はチラチラとセンパイを見た。
　センパイ、いつもどおりだ。
「……センパイ、元気そうでよかった」
「ん？　あぁ」
「けど、相変わらず忙しいんでしょ？　学園祭のこととか」
「あー、そうなんだよなー」

　センパイはそう返事をしながら、大きく伸びをした。
「もう何度話し合っても、いい案が出てこない。ありきたりの学園祭になっちゃうんだよな」

　ため息をつき、センパイは頬杖をついた。

「それじゃダメなの?」
「ダメってことはないけどさ。なんていうか……夢の1日にしたいんだよ」
「夢の1日?」
「あぁ、毎年のようにみんなで力を合わせて屋台をやったり、それもいいと思う。でもそれだけじゃなく、忘れられない1日。夢のような1日。そう思える何か……」
「……」

　忘れられない1日……。
　夢のような何か……。
「プロムってどう?」
　私は何気なくセンパイに言った。
「プロム?」
　最近見た、外国のテレビを思い出した。
「シンデレラの舞踏会みたいなの」
「舞踏会……プロムナードか」
「うん、そう!　アメリカの高校の卒業時に開かれる、ダンスパーティーなんだって。男女ペアで、女子はドレス、男子はタキシード。男子は好きな女の子に告白をして、ダンスパーティーに誘うの」
「あぁ、俺もテレビで見たことあるな」
「そのテレビを見た時、こんなの日本の高校ではできないなーって思ったの。ある男の子はね、白馬の王子様みたいに馬に乗って、好きな女の子の家まで迎えに行くの!　もうそれだけで、夢のようなイベントだと思ったんだ」

「プロムか……」
「もちろん、その外国のようにいかないのは仕方ないと思う。ドレスやタキシードを揃えられない人もいるだろうし、男女ペアといってもそうなれない人もいるだろうし……」
「まぁな……。告白してカップルになるなんて、そんなこと日本人の男の、もっともできないところだからな。建前とは言え、校則で男女交際は禁止だし」
「うん、でも単純に、そんなパーティーがあったら、みんなワクワクするだろうなぁ……。女子にしたら、ドレスやメイク、華やかに着飾ることは夢のようだもん。それに、この学校じゃ先生がうるさいから、普段からオシャレもできないしね。学園祭の時くらいって思っちゃう」
「……」
　センパイは、じっと何かを考えている。
「プロム……面白そうだな。もちろんいろいろと弊害は出るだろうから、見直しは必要だけど。もしこれが実現したら、ものすごいイベントになるぞ」
「うん！」
「よし！　今の案を生徒会のみんなに話してみてくれ」
「は!?」
「プレゼンだよ。こういうのは、どうかって。生徒会のみんなに了承を得るんだ」
「私が!?」
「あぁ」
　センパイはサラリと答えた。

ちょっ、ちょっ、ちょっ……。
　　　ちょっと、待ってよーーー！
「無理、無理、無理」
　　　私は、ぶんぶんと頭を振った。
　　　人前で何かを発表するなんて、苦手なものの中でも、もっとも苦手とするもの。
「今、話してくれたことでいいんだよ。生徒会のみんなを納得させられれば、先生や保護者の同意は俺たちが取る」
「生徒会の人たちを納得させるなんて私には無理だよ……」
　　　それが一番の難関じゃない！
　　　あの恐ろしい生徒会軍団になんて！
「こういうのは女子が言ったほうが説得力があるんだよ。改善策は俺が考えるから、ヒサはこういうのが現実になったら……っていうのをアピールするだけでいいんだ」
「でも……」
「な！　時間がないんだ！」
　　　センパイはギュッと私の手を握った。
「！」
　　　……こういうこと、なんでいつもセンパイは簡単にできちゃうの!?
　　　いつもドキドキするのは、私ばっかりで……。
「……」
　　　私はセンパイにプレゼンの件を、無理やり納得させられてしまっていた。
　　　センパイのほうが説得力もあるのに、なぜ私が……。

生徒会軍団へのプレゼンまで、たった３日。
　センパイは外国のプロムナードを調べ、うちの学校で実現させるための案を考えた。
　それを発表するのは、私……。
　そう思っただけで緊張で胃が痛くなる……。
　そもそも私は目立つタイプじゃない。
　人前に出ることも好きじゃないし。
　緊張することが、すごくストレスになる……。
　そういうことから私はずっと逃げ続けてきた。
　幼稚園のお遊戯会も、小学校の運動会も、とにかく見ている専門で、人前に立ったことは一度も記憶にない。
　高校の受験の時も、頭のよさそうな人たちばかりで、吐きそうなほど胃が痛くなった。
　その時ぶりの絶不調……。
「おぇっ……」
「おいおい、大丈夫か！？」
　放課後、プロムについてのプレゼンをすることになっている。
　そのための打ち合わせを図書室でしていた。
　もう、センパイと一緒にいられるから嬉しい！
　……とか、そんな気持ちの余裕なんて、これっぽっちもなかった。
　学校を休んでしまおうという衝動にかられたけど、そんなことしたら絶対センパイに嫌われてしまう……。
　そう思うと、朝から緊張で、ずっと吐き気がする。

「センパイ……私、無理……吐きそう……」
　うぐぐ……と、両手で口を押さえた。
「なに言ってんだ、行くぞ!」
　図書室に隣接している、生徒会室の扉の前で立ち止まる。
「これ以上、動けましぇん……」
「なに言ってんだ、ほら」
　センパイは私の腕を掴む。
「あの時のことを思い出せ」
「あの時のこと?」
「あの怖い大森先生の前で『猫3匹飼う!』って怒鳴っただろ。あの時のこと」
　は!?
　それと、これとは全然ちがーーーう!
　センパイに、ぐいぐい手を引かれて、生徒会室へと無理やり押し込まれた。
　遠くでしか見たことのない、生徒会軍団がずらっと並んで座っていた。
　私が踏み込むと、一瞬にして静まり返る。
　パタンと扉が閉まると、私の中で始まりを知らせるゴングが鳴った。

「今まで、学園祭についての案をいろいろ出してもらってきた」
　優也センパイが話し出すと、以前にも感じたことのあるピリッとした空気になった。

「私事ではあるが、最後の学園祭を今までと違ったものにしたいという思いから、みんなにも協力してもらってきた。だが残念ながら、これを！という案が出てこなかった」
　センパイの言葉に生徒会軍団はうつむいた。
「そこで、１年生の柏木さんが出してくれた案を、みんなに聞いてもらいたい」
　優也センパイが私の名前を口にすると、みんなの視線が一斉に私に集まった。
　その中にはもちろん、田辺さんの姿もある。
　私はセンパイに促され、みんなに資料を配った。
　優也センパイが作った資料は思った以上に厚く、ずっしりとしていた。
　それだけこの学園祭をいいものにしたいという思いが強いのもあるけど、私が出したプロムの案を買ってくれているのだと嬉しくなった。
　生徒会室は思ったほど広くない。
　会議用の机なのか、大きな机が１つ置かれ、その奥にはホワイトボード。
　右手の大きな窓から入る光のおかげで、室内はとても明るく感じる。
　ホワイトボードに一番近い席に座る、２年生の副会長が、
「舞踏会……？」
　私の配った資料の表紙を見て、そう呟いた。
「プロムナード＝舞踏会。アメリカやカナダの高校の卒業式などで開かれるダンスパーティー。外国の映画やテレビ

ドラマで、見たり聞いたりした人もいるかもしれない。次のページにプロムについての説明が書いてあるから、目を通してほしい」

優也センパイがそう話すと、みんな一斉にページをめくる音がした。

私にしたら、相当な分厚さの資料。

これを説明するのかと思うと、ページをめくる手が汗でぐっしょりになっていた。

「本家のプロムは、アメリカやカナダの高校の最後に開かれるダンスパーティーだ。参加は原則として男女ペア。相手は同級生でなくてもいい。卒業生や、学校外の者でも構わない。また、参加は強制ではなく、相手がいなくても構わない」

センパイは話を進めながら、舞踏会の概要をホワイトボードに書き始めた。

いつもこういった会議みたいのをしているのか、センパイの話の進め方や、堂々としている姿に見入ってしまう。

「ここから先は、案を出してくれた柏木さんから詳しく説明してもらおうと思う」

そう言うと、センパイは後ろに立つ私に合図を送る。

ボケッとセンパイに見入っていた私は、慌てて資料を見直した。

「……」

体が冷えるくらいの冷房が入った生徒会室。

それなのに、手の汗は止まらない。

それが、体中に広まっていくように感じた。
「あ……あの……」
　上手く言葉が出ない私を、みんなが鋭く見つめる。
「舞踏会をしたいんです！」
　ぷっ……。
　クスクス。
　クスクス。
　私が言い放った言葉に、みんなから笑いが起こった。
「はい」
　みんなが笑う中、副会長が手を上げる。
「舞踏会をしたいって簡単に言うけど、このプロムの決まり事を、この学校で実現できるとは思えないけどね」
「たしかに、外国では高校でもずいぶんオープンかもしれないけど、日本でこれができるとは思えないですね」
「そうですよね……うちの学校では余計に……。普通の学園祭だって先生が厳しくチェックするのに、ダンスパーティーって……しかも男女ペアってね……」
「そうそう、男女交際禁止なんて言われてるのに、こんなに堂々と言って先生たちが許すわけないと思います」
　生徒会軍団が否定的な意見を次々と発言し、それにみんなが頷いている。
「わかってます！」
　私は声を上げた。
「……わかってます……。だから舞踏会なんです。ここに書かれているプロムは、この学校で実現させるのは難しい

と思います。だから、これを変えるんです」
「変える?」
「はい。学園祭は10月末、ハロウィーンの時期なので、みんなに仮装をしてもらうんです。もちろん学校外からの参加も、子どもたちの参加もOKです」
「それじゃ、ハロウィーンパーティーで、舞踏会じゃないですよね」
　そう言ったのは田辺さんだった。
　私は後ろに立つ優也センパイに視線を向けた。
　センパイはコクッと頷く。
『舞踏会ではなくハロウィーンパーティー』
　そう言われることは、センパイの中で想定内だった。
「……はい、これは"表向き"です」
「表向き?」
「はい」
　私は持っていた資料をパタッと閉じ、もう1冊の資料をみんなの前に出した。
「もう1冊、別の資料を用意しています」
　新しい資料をみんなへ配った。
「私がこの学校に入学して思ったことは、名門校と言われ、みんな頭がいいのに、ごく普通の生徒が多いことに驚いたんです」
　なんの話だ?　というように、みんなが首をかしげた。
「校則が厳しい中でも女子はオシャレをし、恋愛の話で盛り上がる。男子は部活もスポーツも夢中になって、休み時

間はゲームをしたり……」
「そんなの普通じゃないの？」
　生徒会軍団の１人がそう言った。
「私の思っていたのと違ったんです。みんな生徒は、休み時間は図書室で勉強したりしているのかと思ったら、職員室や生徒会室が近いから……って理由で、図書室に近づかない。あー、みんな嫌なものは嫌で、ごく普通の高校生なんだって思ったんです」
　私の話に、生徒会軍団は苦笑している。
「でもやっぱり先生も厳しくて、みんなそれなりにちょっとは窮屈に思ってるのかもしれない。だったら、１日くらい自由なことができる、夢のような日があってもいいんじゃないかって思ったんです」
「だから舞踏会っていうのが、よくわかりません」
　私の話に、田辺さんがすぐさま反論する。
「シンデレラの舞踏会なんです」
「シンデレラ？」
「はい。ほんの一瞬。学園祭が終わるまでの少しの時間」
「タイムリミットがあるってこと？」
「はい。ドレスを着てメイクをする。華やかに着飾って、普段……家でも学校でもできないことをする。もちろん男子もです。そこでは、好きな人を誘うのもいいと思う。好きな人に告白するのもいいと思う」
　その言葉に、みんながざわめいた。
「でも学園祭のほんの少しの時間だけ。翌日からは普段ど

おりの学校生活に戻る。先生たちもそれなら考えてくれるんじゃないかと思うんです」
「どうかな……」
「ねぇ……そんな簡単に許可を出すような先生たちじゃないと思うけど……」
「制服姿しか見たことない生徒が変わった姿を見せる。それだけでとても新鮮で気持ちも変わるし、一歩踏み出す勇気にもなる。普段できないことをする1日。夢の1日。それが生徒たちにもプラスになることを、先生たちに理解してもらいます」
「……たしかに、この学校は校則が厳しいし、生徒たちにしたら夢のようなイベントだろうな」
　副会長が話し出した。
「ただ、毎年の学園祭の屋台や出し物でさえ、先生のチェックは厳しくて制限されるのに、この案をわかってもらえるとは思えないな」
「私もそう思います。外国のプロムの話は何かで見たことあって知っていたけど、外国と日本の文化の違いに驚いたし、もしそれをヒントにしたイベントだと知ったら、先生たちも保護者も許可しないと思います」
　副会長たちの意見に、みんなが深く頷いた。
「たしかに、外国のプロムをそのまましようと思ったら、承諾は得られないと思います。だから、これは裏の案なんです」
「裏の案？」

「はい」
「それで表向きはハロウィーンってことか」
　副会長が私に向かって言った。
「はい。表向きは、家族も親戚も友達も、街中の人も参加できるハロウィーンパーティーというように、みんなに仮装してきてもらうんです」
「なるほどね」
「はい。いろいろな人を巻き込んでしまえば、先生も保護者も反対できないと思うんです」
「どうかな……」
「ねぇ……」
「ハロウィーンの仮装って今どこでもやってるじゃない」
「うん、そうだよな。そのイメージだと、先生もいい顔しない気がするな……」
　みんなは、いまいち納得できないようだった。
「それは、みんなの腕の見せどころだろ」
　生徒会室がざわめく中、優也センパイの一言で静かになった。
「みんなの力があれば、先生や保護者を納得させることは可能だろ」
「はい」
　田辺さんが手を上げた。
「ドレスや仮装するものが集められない人はどうするんですか？」
「それは……」

「今、保護者からのクレームが多かったり、学校側はその対応に頭を痛めているという話も聞きます」
「……」

田辺さんの話に、以前の職員室前であった母親からのクレームを思い出した。

あの時の、母親の迫力を思うと怖くなった……。
「もし、ドレスやタキシード、舞踏会に参加するものが揃えられなかったら、きっとこんなイベントをして……と、クレームに繋がると思うんです」

田辺さんの話に、生徒会室はざわめいた。
「もしそんなことになったら大変だよな……」
「来年の学園祭は中止なんてことにもなりかねない……」
「毎年続ける学園祭のために、そんなことは絶対させない」

優也センパイが力強く言った言葉にも、生徒会軍団の気持ちは慎重だった。

今後のことを考えると、安易に進めることはできないイベントだった。

それでも、センパイの最後の学園祭を成功させるためには、このままでは終われないという気持ちになっていた。
「そのことについても、みんなからの協力を仰ぎます。私の母の友人が、衣装をレンタルできるお店をしているし、友達同士で貸し合っても、もちろん手作りでもいい。ジーンズやTシャツでも、これが私のドレス！　と言うならそれでも構わない。なんの制限もないんです。この学校は厳しすぎて、縛りが多すぎて、他の学校で当たり前にできる

こともできない」
「それを承知で、みんなこの学校に入ったんじゃないんですか?」
「そうですね……嫌であれば、他の学校でもよかったはず。でも……私みたいな生徒は少なからずいると思うんです」
「柏木さんみたいな?」
「はい」

　いつの間にか、私と田辺さんの討論のようになっている生徒会室。
　誰も横やりを入れたりせず、静かに聞き入っていた。
「両親がこの学校の卒業生だからって理由で、無理やりこの学校を受験させられ……。受かったこと、それは本当に奇跡で……」
　私の話に、生徒会軍団は苦笑いをしている。
「私はみんなと違って頭もよくないし、スポーツもできない。何にも興味も持てないし、何か夢があるわけでもない。レベルの違いを感じて、この学校に入学したことを後悔したりもした……。だから1人、図書室で過ごすことが癒しになっていた……」
　私の切実な悩みに、生徒会軍団も真剣に聞いている。
「他の生徒はみんな頭がよくて、名門校というだけで、私はどれだけプレッシャーか……。そういう私みたいな気持ちになってる生徒が少なからずいる。オシャレもしたい、普通に恋もしたい。でも現実、それを表立ってこの学校でできるわけない。せっかくの学園祭まで、先生や校則に縛

られるなんて、そんなの楽しくもない」
　生徒会軍団のみんなが、無意識に頷いているのが見えた。
「１日だけでも自由にできる何か……『無理かもしれない』ではなく、それを夢見たっていいと思う」
「……」
　私の言葉に、田辺さんからのそれ以上の反論はなかった。
　"恋をする気持ち"や"オシャレをしたい気持ち"。
　その思いは、田辺さんにもよくわかるのだろう……。
　ううん、きっと、ここにいるみんながわかるはず。
「それでも、先生たちを納得させるのは難しいよなぁ……」
　副会長が考え込むように、ため息をついた。
「……」
　私もそれ以上のことは言えなかった。
　私の役目はここまで、生徒会軍団に説明することしか私にはできない……。
　考え込み静まり返った生徒会室。
「このイベントを成功させて、入学希望者の増加を図る」
　ふいに、優也センパイが口を開いた。
「入学希望者？」
「名門と言われるこの厳しい学校で、これだけの自由なイベントができるんだというところを見せれば、入学希望者も増やせるんじゃないか……そう先生に提案する」
「なるほど……だから街ぐるみなんですね」
「そう。安易な考えかもしれないが、街ぐるみでイベントをする。そうすれば、学校の名前や認知度も上がる。ただ

単に"名門"だけでは、今の時代、入学希望者を増やせない。そこを先生に提案する」
「そんなことを提案して、先生たちはすんなりOK出しますかね?」
「そうですよね……。生徒が考えることじゃないって、かえって気分を悪くしそうで心配です……」
「もちろん、これ以上のメリットがあるということを、練りに練って提案しなければいけないが、反論させないものを考える……そういうことは、みんな得意だろ?」
「はい!」
「もちろん予算も低く抑える。そのためには、さっき柏木さんが言ったように、学生みんなの協力も今までの学園祭よりも必要になる」
「でも、そういうことでの協力なら、みんなやりたがりそう」
「うん、私の友達の親も洋服のリサイクルショップやってるから、洋服やアクセサリー貸してくれるかもしれない」
「うちの姉ちゃん、ヘアメイクの学校に行ってるから、何か手伝ってくれるかも」

　生徒会軍団の数名が、次々と案を出し始める。

　それを聞き、優也センパイは微笑んだ。

　その時、すっと田辺さんの手が上がった。

「……うちも美容室やってるから……」

　それは、今まで反論していた田辺さんからの、協力的な言葉だった。

「……」

田辺さん……。
「じゃあみんな、この案で進めていくということでOKかな？」
「はい！」
　みんなが口を揃えて返事をした。
「今までの屋台や、その他の出し物とは違う。一見地味なようで、そうじゃない。難しいイベントだ」
「はい！」
　優也センパイが声をかけると、それぞれが話し合いを始めた。
　ホワイトボードには、学園祭のテーマ【舞踏会】と大きく書かれた。
　もうすぐ夏休み。
　それまでに先生たちの承諾を得ないと、このイベントは進まない。
　生徒会軍団は、早々に作業を始めた。
　それぞれ得意分野があるらしく、手分けするスピードが速い。
　そして、その団結力は本当にすごい。
　私はその様子を見て、そっと生徒会室を出た。

　生徒会室を出ると、いつもの図書室。
　私は生徒会室という異空間から抜け出し、緊張していた体から力が抜け落ちた。
　普段あまり感じない本のにおいさえ、心地よく感じる。

私は思いきり息を吸い込むと、ホッと吐きながら、いつもの席に座った。
　西日は外の大イチョウを照らす。
　夕方のこんな時間でも、まだまだ外は暑そう。
「はぁ……」
　私はもう一度、大きく息を吐いた。
「ありがとう」
　後ろからの声に驚き振り向くと、優也センパイが立っていた。
「センパイ……」
「ヒサありがとう。疲れたろ？」
　そう言うと、チルドカップのココアを机に置いた。
「あ……ありがとうございます」
「ぷっ……。『ございます』なんて、なに恐縮しちゃってんの？」
「あ……うん、なんか疲れた……」
　私がそう言うと、センパイは笑いながら手に持っていたコーヒーを飲んだ。
　私もアイスココアにストローを刺す。
　甘い甘いココア。
　普段あまり飲まないけど、今の私にこの甘さはちょうどいい。
「おいし……」
「ヒサのおかげで、今までと違う学園祭ができそうだよ」
「私……何もしてない。自分の気持ちばかり言っただけで、

それが本当に学園祭に繋がるのかなって……」
「それで十分なんだよ」
　センパイは私の前の席に座った。
「それで、十分？」
「あぁ。名門校と呼ばれるのは、学校の厳しさや、気難しい生徒会の存在も大きいと思う。いつの間にか生徒会も『軍団みたい』なんて言われるようになってるし」
「あ……」
　「たしかに」と言いそうになるのを、グッとこらえた。
「本当は、生徒会のメンバーもいたって普通なんだよ。もちろんみんな頭もいいし、発言力も影響力もある。でも、ヒサが言うように、オシャレもしたいし恋もしたい。副会長なんて、大の野球好きで、共通の知り合いで彼女もいる」
「えっ!?」
　私は驚いて、ついつい大声を出してしまう。
「しーーーーっ」
　センパイは慌てて「内緒な」と言った。
　あの、堅そうな副会長にまで彼女が……。
「本当にみんな普通なんだよ。こんな学校で男女交際禁止なんて校則にあっても、生徒会のみんなにだって恋人はいる。だからこの話も、きっとみんなは興味を持ってくれると思ったんだ」
「だったら！　なおさら私なんかが話さなくてもよかったんじゃ……。センパイからの言葉のほうが、みんなもっと早く賛成したんじゃないの？」

田辺さんにまで、攻撃的にいろいろ言われてさぁ……。

私は、ぶーっとした顔をする。

「そうかもなー」

「えー!?」

センパイのあっけらかんとしたその言葉に、私は思わず立ち上がった。

も〜っ！　本当に苦痛な時間だったのに〜。

「あ、猫おばさんだ」

センパイは私の言葉に笑いながら外を見ると、猫おばさんの姿を見つけ、そう言った。

「猫おばさんも暑いのに、毎日毎日猫のために頑張ってんな」

「うん……」

見ると、大きな麦わら帽子に長袖と長ズボン。

とにかく暑苦しそうな恰好の猫おばさんの姿が、大イチョウの近くに見える。

何時間も外にいるから、日焼けをしないようにあんな恰好……。

「みんなやりたいことを実現しようと、頑張ってる」

「うん」

そうだよね……。

やりたいことがある、実現したい夢がある。

いくつになっても、そういう思いがあるのは素晴らしいことだよね。それなのに、私は……。

「ヒサならできると思ったんだ」

「え?」
「人前に立つのが怖い、そう思ってるのはみんな同じ。伝えたいもの、それがあれば勇気になる。ヒサ言ったろ。私みたいな生徒は少なからずいるって。なんにも興味ない、あってもできない。そんな生徒がまわりに触発されて、行動できるきっかけになればいい。実際、ヒサも人前であんなに力説してた」
「あ……あれは……」

　私は一気に赤くなる。

　センパイの最後の学園祭。

　今までと違ったことがしたい。

　そう言ったセンパイの夢を、叶えたいと思った。

　でもまさか、自分があんなに人前で話せるなんて……。
「ヒサなら大丈夫だって、ヒサならできるってそう思ったんだよ」
「……」

　センパイ……。

　だからあんな無理やり……。

　私のこと、そんなふうに思っていてくれたなんて……。

　たとえそれが「センパイが好き」という理由であっても、センパイは笑わず聞いてくれるかな……?
「ヒサ、前に話してくれたろ?　あの指輪に一目惚れして、どうしても欲しくて、そのために受験頑張ったって」
「あ……うん。そんな指輪が欲しいくらいでって思われちゃうけど……」

今思い返すと、あの時の指輪に対する情熱が恥ずかしくなる……。
「そんなことない。理由はなんにせよ、頑張ろうと思える気持ち、夢や目標に向かえる気持ち、すごいことだと思う。うらやましいよ……」
　そう言うと、センパイは遠くを見つめた。
　夕焼けが、センパイの横顔を朱く染める。
「……」
　センパイ？
　うらやましい？
　こんなにすべてに完璧で、そんなセンパイがうらやましいと思うことがあるなんて……。
　心なしか、センパイの横顔が悲しそうに見えた。

第二章

サラサラ揺れる、黄葉
高く伸びた、２本の大イチョウ
黄金色の葉の隙間から
秋の薄雲が流れる

『手を伸ばせば届くと信じていた』

残暑

　夏の過酷な太陽は、容赦なくすべてに照りつけ、あんなに雨続きだった毎日がウソのようだ。
　夏休みに入るギリギリに、学園祭のテーマ【舞踏会】の案について、先生たちからの許可が得られた。
「もっとすんなり承諾を得るつもりが、案外手こずったな。さすがこの学校の先生ともなると、あー言えばこー言うって、頭の回転が速い」
　ムムム……と、自信満々だったセンパイが呟く。
　嫌味にしか聞こえないその言葉。
　でも、今回の学園祭は異例中の異例。
　先生たちからの反論もすごかったらしい。
　それを優也センパイは、あの手この手、あの口この口で、上手くＯＫさせたらしい。
　生徒会軍団も大喜びだった。
　でも、これからどうなるのか……。
　保護者からのクレームはないか……。
　成功するのか……。
　まったく携わっていないとはいえ、自分が出した案だから気が気じゃない。
「ヒサには、これからいろいろ手伝ってもらうからな」
「え!?　そうなの!?」
　センパイの言葉に驚いて振り返る。

図書室のいつもの席にセンパイは座り、必死に何か作業していた。
　私はその近くで、ジュースを片手に大イチョウを眺めていた。
「そうやって、のほほ～んとジュース飲んでるけど、図書室に来るからには手伝ってもらうぞ」
「……」
　のほほ～ん……って。
「なんのチラシ？」
　センパイが必死にまとめているチラシを手に取った。
　そこには、
【舞踏会～ハロウィーンパーティー～】
　と、書かれていた。
「学園祭のチラシ！」
　活字になると、本当に学園祭で舞踏会をするんだという実感が沸いてくる。
「このチラシを全生徒に配る。それを親や親戚、兄弟姉妹、近所、いろいろなところに回してもらう。そして、街中に貼り出して参加を呼びかける。もう大々的に告知はしてあるから、生徒たちも興味を示してくれている。あとは街中の人や保護者の反応だな……はい」
「え？」
『はい』と、いきなりセンパイにチラシを渡された。
「街中に貼り出しと配るのよろしくな」
「えっ!?　私!?」

「もちろん」

「えーーー」

　学園祭に向けての準備で、私の夏休みは、ほぼほぼなくなった。

　でもそれは、優也センパイも生徒会軍団も、みんながそうだった。

　優也センパイの言ったように、チラシ配りと貼り出しを目一杯やらされ、クタクタの毎日。

　でも、そのかいあって、学校や街中に貼られたチラシを見て興味を持ち、手伝いを買って出てくれる生徒も、日に日に増えていった。

　私の思ったとおりで、こうやって夏休みに学園祭の準備を手伝いに来てくれる生徒たちを見ると、やっぱりみんな勉強ばかりがしたいわけじゃないんだと感じる。

　みんな、ごく普通の高校生で、夢の1日を今から期待しているんだ。

　ドレスやタキシード、かしこまった服を用意できない、メイクもできない、パートナーを見つけられない……いろいろ生徒たちからの不満はあったが、それらはすべて想定内だった。

　こういうイベントで、自分の子どもをキレイにカッコよく見せたい……。

　そう思う親は多く、洋服の貸し借りもヘアメイクも手伝ってくれるという保護者も増えて、とても協力的だった。

　今はハロウィーンパーティーなんかも毎年盛大に催され

るし、仮装するということが楽しみな人も多いみたい。
　ハロウィーンパーティーと銘打ったのは正解だったな。
　やっぱり、センパイはすごいや。
　生徒会軍団で生徒たちの心配事を解消できるようにフォローもされ、すべてが順調に進んでいた。
　優也センパイがどう説得したのか、あの厳しい先生たちの協力も得られるようになっていた。

「学祭すごい楽しみだよねー。うちの家族みんな、仮装してくるとか言ってんのー」
　せっかくの夏休みにも関わらず、カオも学園祭の準備を手伝いに来てくれていた。
　とは言っても……私も部外者なんだけど……。
「ヒサがこの舞踏会、考えたんでしょー？　すごくいい案だよねー」
「そっかな？」
「うん！　だってさー、相当人が集まるって噂。みんな楽しみにしてるみたいよ」
「そうなんだ」
　そういう話を聞くたび、嬉しくなった。
「だってさ、毎年大規模な学祭を開くことで有名なＳ高校も、今年は新たに考え直さないとって焦ってるらしいよー」
「Ｓ高校って、隣駅の近くにある賑やかな学校でしょ？」
　スポーツでもなんでも、好成績を収めた生徒の名前を大々的に校舎に掲げることで有名な、賑やかな学校だ。

「うん、そうそう。学祭の時期もうちと近いから、どれだけ人を集められるかって気にしているらしい。って、Ｓ高の友達から聞いたんだけどねー」
「へー」
　さすが、ここら辺の学校については情報通なカオ……。
　でも、そこまでうちの学校の学園祭が知られているなんて、すごいよね。
「わはははー」
　遠くから、優也センパイの笑い声が聞こえた。
　副会長や他の生徒会軍団と、笑い合いながら作業をしている。
　男子は舞踏会のステージ造りや装飾担当。
　力仕事がメインだ。
　看板を塗っているペンキが、副会長の顔に塗られていた。
　大笑いしている優也センパイの仕業だろう。
　みんなも大笑いで、顔を洗おうと出した水道の水が、みんなに浴びせかけられた。
　子どものようにはしゃぐ。
　高く跳ね上がった水。
　小さく虹が見えた。
　束の間の清涼。
　時間がないと焦っていても、みんな楽しそう。
　暑熱の８月。
　まばゆい真夏の陽光。
　せっかくの夏休みも、暑くてクタクタになっても、それ

でもよかった。
　センパイと一緒にいられる毎日が嬉しくて。
　あんな無邪気な笑顔が見られることが、嬉しくて……。
「ねーヒサ、学祭当日、髪どうするー？」
「そうだねー、このままでもいいかなーって。自分のこと、何も考えてなかった」
「えー、せっかくドレスとか用意したのに、髪このままってなくない？」
「そう？」
「もーっ、相変わらずだなーヒサはー」
　自分が出した案なのに、自分のことはちゃんと考えてなかったな……。
「私は当日も裏方らしく、オシャレも何もしなくていいんだけど……」
「なに言ってんのー。ヒサもう少しオシャレすれば、絶対見栄えよくなると思うのにー」
「そうかなぁ？」
「そうだよー、ベースはいいんだから」
　ベース？
　ドレスやヘアメイク……やっぱりみんな女子だよねぇ。
　今からすごく楽しみにしている。
「私がやってもいいよ」
　その突然の言葉に、私たちは驚いて振り返った。
「田辺さん！」
　学園祭の準備をしていたはずの田辺さんが、私たちの後

ろに立っていた。
「……」
「ヘアメイク。私がやってもいいよ」
「え……でも……」
「言ったでしょ。うち美容室やっているって。だから、私も多少ヘアメイクには自信があるの」
「……でも……」
　私が口ごもっていると、田辺さんは優也センパイを見つめながら話し出した。
「生徒会長……楽しそう」
「え？」
「なんだかずっと元気なかったから……。彼女と別れてしまったからか、いろいろ疲れているのか、気もそぞろっていうか……。毎日なんだか考え事ばかりして……。あんな楽しそうな生徒会長、久しぶりに見た」
「……」
　私もセンパイを見つめた。
「学園祭のことが決まってさらに忙しくなって、それが生徒会長を、いつもの生徒会長に戻したみたいで。毎日楽しそう。……柏木さんのおかげなのかなって」
　私の？
「田辺さん……」
「ありがと」
　そう言うと、うつむいていた田辺さんは私のほうを見て笑った。

初めて見た田辺さんの笑顔。
 生徒会の時の凛々しい顔は田辺さんも優也センパイと同じで、とてもカッコいい。
 でもこの時に初めて見た笑顔は、やっぱりとても美人なんだって思った。
「私は何もしてないよ……」
 私は田辺さんに笑いかけた。
 そして……、田辺さんは本当に、センパイのことが好きなんだと感じた。
「だからね、舞踏会は私がとびっきりキレイにしてあげる！　事前にドレスの色や形、教えてね。それに合ったヘアメイクを考えるから」
 田辺さんは楽しそうに言った。
「ありがと」
「えーとねー、アタシのドレスはねぇー」
 田辺さんの申し出に、カオが遠慮なく嬉しそうに返事をしている。
 みんな、みんな、舞踏会を楽しみにしてくれているんだ。
 嬉しい。
 私はもう一度センパイに視線を向けた。
 ドキン……。
 センパイと目が合った。
 ドキン……。
 ドキン……。
 いつもとは違う感覚……。

合った目をそらすことができない……。
鼓動の速さについていけない……。
手が震えた。
目が合った数秒……。
パッと目をそらしたセンパイは、うつむき微笑んだ。
濡れた髪の雫が、キラキラ光る。
ドキン。
ドキン……。
センパイ……。
——プルルル。
「！」
　マナーモードにしていたはずのスマホが突然鳴り、驚きで一瞬、体が跳ね上がった。
　見ると、メールの着信。
「ヒサ、大丈夫？」
「あ、うん、ママから。朝からずっとなんだ」
　もう〜！
　せっかくセンパイと目が合ったドキドキに浸っていたのに〜！
　ほんっとうにママは、いつも空気が読めないよなぁ。
「え……なんかマズイこと？」
　私がブツブツ言っていると、カオが心配そうに言った。
「ぜんっぜん！」
　私はそう言いながら、ポケットにスマホを押し込んだ。
　朝から何度も届く、ママからのメール。

【今日、学園祭の準備の手伝いで学校】とメールをしたら、【じゃ、帰りに優也くん連れてきなさいよ。ごはん作っておくから】と……。
　この人は何を言っているんだ!?　と、びっくりした。
　センパイとそんな関係でもないし、いきなり家に誘うなんてできるわけがない。
　何気なくセンパイと一緒にいることを伝えてから、このメール攻撃だ。
　ママってこんなしつこい人だったっけ!?　と、娘ながらに驚いてしまう。
　もうすでに、10通以上のメールに、ため息が出た。
「柏木さん！」
　ビクン！
　大きな声に驚き振り向くと、大森先生が立っていた。
　うえー。
　今日の夏休みの学校当番、大森先生かー。
　サイアク〜。
「柏木さん、あなた何教科か夏休みの補習になってたでしょう!?　こんなこと手伝ってる暇あるの!?」
「こんなこと!?」
　大森先生の言葉に、思わず声を荒げてしまう。
　猫たちのこと以来、大森先生のトゲのある言い方に、すぐカチンときてしまう……。
「そうでしょう!?　学園祭と勉強とどちらが大切なの!?　そもそもみんなより遅れをとっているんだから。新学期が

始まったら、余計に遅れてしまうわよ!?」
「……」
　私は目をそらし、うつむいた。
　楽しそうに作業しているみんなが、大森先生の大声で静かになった。
　頑張って作業している手を止めてしまったことが申し訳なくて……。
　せっかくの楽しい雰囲気を壊してしまったようで、申し訳なくて……。
　すごく恥ずかしくて……。
　体に熱が一気に回ったような気がした。
「大森先生!」
　その声に振り向くと、私の後ろに優也センパイが立っていた。
「瀬戸くん、何か!?」
　大森先生がキツめに言った。
　センパイ……。
「柏木さんに手伝いを頼んだのは僕です。補習を受けなければいけない教科に関しては、僕が教えるという約束で」
　センパイ……そんな約束してないのに……。
「あら……そうなの?　それなら……構わないけど」
　そう言うと、大森先生はバツが悪そうに戻っていった。
　センパイ、私をかばうためにあんなこと言って……。
「……センパイ……ありがと……」
　暑い……。

はあ……なんだかすごく……喉が渇いて……。
「ヒサ?」
 なんだか……体が熱い……。
 私はうつむき、地面に手をついた。
 目の前のものがすべて、色を失う。
 一瞬にして、時が止まったような気がした。
「ヒサ!」
「キャー! ヒサー!」

 ひんやりとした空気。
 頬に落ちる水滴で、なくした意識が戻る。
 揺れる体に気づき、目をそっと開けると、優也センパイの顔が見えた。
「……センパ……イ……?」
「ヒサ、大丈夫か!?」
 センパイが私の顔を覗き込む。
「ん……」
 頭がボーッとして、目をギュッと閉じた。
「熱中症かな、相当暑かったから……。今、保健室向かってるから」
「……ありがと……もう大丈夫……歩ける」
 センパイに抱えられていることが恥ずかしくなって、おりようと体を無理やり動かす。
「バカ、無理すんな、もうすぐ保健室だから」
 そう言うと、センパイはギュッと手に力を込めた。

ドキン……。
ドキン……。
日陰になった、コンクリートの廊下。
どこからか吹き込む風が涼しくて、心地よく思えた。
トクン。
トクン。
トクン……。
聴こえるセンパイの鼓動。
センパイに触れた体は、どんどん熱を増すようで……。
ドキン……。
ドキン……。
センパイ……。
センパイ……。
外のみんなの声を遠くに、私はセンパイに身をゆだね目を閉じた——。

再び目を覚ました時、真っ白な世界が広がっていた。
ゆっくり目を動かすと、白い高い天井にゆっくりとファンが回り、涼しい風が吹いていた。
「ヒサ」
名前を呼ばれ見ると、少し離れた場所に優也センパイの姿があった。
「センパイ！」
私は急いで起き上がった。
「おい、無理すんな」

「あ……」
　そうか……倒れて運ばれてきたんだ……。
　こんなこと初めて……。
　暑さにやられるなんて情けない……。
「ごめんなさい……みんなの手を止めて、足手まといになっちゃった……」
「なに言ってんだ、そんなことないよ。ちゃんと暑さ対策をしておかなかった俺が悪い。それに、大森先生のあんな感じは毎年のことなんだよ。準備していると、ああやって何かしら文句を言ってくるんだ。『ああ、またか』って、みんな思ってる」
「そうなんだ……」
　センパイの言葉にちょっとホッとした。
「センパイ、みんなは？」
「みんなは昼飯食ってるよ。もうみんな、さっきの重い空気も忘れて、楽しそうに食事してる」
「そっか……」
　よかった……。
「無理しなくていいから、ゆっくり休んでな」
「うん……」
「しかし……」
「え？」
　センパイはそう言うと、保健室のデスクに置いてあったスマホを私に差し出した。
「私のスマホ！」

「倒れた時に落としたみたいだけど、なんだかすごい着信だな。何度も鳴ってたぞ？」
「あー……」
　それを聞いて、私は頭を抱えた。
「ん？」
「ママから……なんです」
「お母さん？　それにしても立て続けに鳴ってたぞ？」
　見ると、短時間に20件以上のメール。
　【おーい】とか【ヒサー】とか【優也くんに聞いた？】とか、そんな単語が連続して届いていた。
　恐ろしい……。
「はぁ……」
　私は画面を見ながら、大きくため息をついた。
「どうした？　ヤバイことか？」
　私はぶんぶんと頭を振り、
「……」
　無言のままセンパイを見つめた。
「え？」
　私の顔を見て、センパイが不思議そうに言う。
　ママから届いたメールの１つを、そっとセンパイに見せた。
「……」
　そのメールを読んで、センパイが驚く。
「晩ごはん……？」
「……うん」

「また……急だな」
「……ですよねぇー……」
「そのメールが何件も届いてたんだ？」
「うん、35件」
「35件!?」
　センパイは驚いて声を上げた。
「……」
　どれくらいかの沈黙……。
「……じゃあ、お邪魔しようかな」
「え!?」
「ヒサを送り届けないといけないって思ってたから」
「センパイ……」
「お母さんに、伺いますってメールしといて」
「うん！」
　こんなこと……ミラクル!!
　思いがけない展開に私がびっくりしていた。
　まさか、優也センパイがうちに来るなんて！
　こんな夢のようなこと……。
　うっとうしいと思っていたママのメールに、心から感謝した。
　でかしたぞ、ママ!!

　まだまだ暑さが残る夕暮れ。
　あのあと、水分補給と日陰での休み休みの作業で、どうにか復活した私。

作業が進んだかどうかは別として、センパイがうちに来るんだと思っただけで、嬉しさと緊張で変なテンションになっていた。
　18時にみんなと解散した私たちは、家へ向かった。
　暑い夏は嫌いだけど、夏の夕暮れは好き。
　鮮やかな赤が眩しく見えた。
　明日も暑くなりそうな予感。
　家につくと、ママが張りきって出てきた。
「優也くん、いらっしゃい」
　見たこともない、よそ行きのキレイな笑顔を見せて。
「こんばんは。今日は突然お邪魔してすみません」
「いいのよー。私が誘えって言ったんだからー」
　その言葉に、センパイがちょこっと吹き出したのを私は見逃さなかった。
　あの、"メール35件"を思い出したのだろう。
「やあ、いらっしゃい」
「パパ！」
　ママの後ろから満面の笑みでパパが登場する。
「この時間に、どうしてパパが？　こんな早く帰ってるなんて珍しい！」
「ママが連絡したのよ。優也くん来るからって」
　そうコソコソッと言いながら私を小突く。
「……」
　恐ろしい親だ……。
「ささっ、優也くんどうぞー。もう支度はしてあるから、

たくさん食べていってねー」
　テーブルにはたくさんの料理が並べられていた。
　ママの得意なビーフシチュー、近所でおいしいと噂のバケット。
　シーザーサラダに唐揚げ、まだまだたくさんある。
　いつもの夕飯の質素な感じがウソのようだ。
　……ママ、頑張ったな。
「いやぁ、瀬戸先輩の息子さんに会えるとは嬉しいな。1杯……と言いたいところだけどなー、わははは」
「……パパ」
　何、今のカラ笑い。
　ママの変なテンションならわかるけど、まさかパパまでが……。
　変な親子だって思われてないかと、何度もセンパイの様子をうかがってしまう。
　センパイは、おいしいおいしいと食事をしながら、パパやママと楽しそうに話をしている。
　あの時……保護者のクレームで母親が乗り込んできた時も、センパイは上手くあしらっていた。
　きっと大人への対応も熟知しているのだろう、と感心してしまう。
　食事の間もママは、次から次へとアルバムや懐かしの写真を見せたりしていた。
　若かりし頃のパパとママ、そしてセンパイのご両親。
　自分の両親のラブラブ写真を見て、センパイは吹き出し

ていたっけ。
　食事のあとはソファへ移動し、ママの手作りチーズケーキを食べながら、パパとセンパイは野球に見入っていた。
　センパイも野球が好きらしく、とても詳しくて、パパとも話が合うみたい。
　せっかくセンパイが来たのに、私の出る幕がないなあ。
　センパイが楽しんでくれていれば、いいんだけど……。
　なんだか、初めて彼を連れてきた……みたいな気分。
　私は1人テーブルに座り、笑い合う3人を見つめた。
　時々ではあるけど、センパイと目が合うことにドキドキしながら……。
　あんなふうに笑うセンパイを見られるなんて……。
　2階の私の部屋で寝ていたタローとヒゲジローが降りてくると、真っ先にセンパイの元へと駆け寄った。
　センパイのことを覚えているのかな？
　しっぽをピーンと伸ばし、何度もセンパイにすり寄っていく。
　2匹のそんな姿にセンパイも嬉しそうで、絶えず笑顔だった。
　本当に……こんなにたくさんのセンパイの笑顔を見られるなんて……。
　日中はキツイこともあったけど、それでも今日はラッキーデーだ。
　パパもママも終始笑顔で、こんな2人を見るのも久しぶりだと思った。

楽しい時間はあっという間にすぎていった。
　21時近くになり、「そろそろ……」とセンパイが立ち上がった。
　ママはなんだかんだと、お土産(みやげ)を紙袋にたくさん詰め込むと、それをセンパイに持たせた。
「ちょっと、ママ……」
「おいしいクッキー入ってるの、お母さんに渡して」
「あ、はい。ありがとうございます」
「優也くん、またいつでも来てね」
「あ……はい……」
　センパイは答えると、一瞬うつむいた。
「……」
　センパイ……？
「ご馳走さまです。お邪魔しました」
「気をつけてねー。送っていかなくて本当に大丈夫？」
「はい」
　センパイが歩きはじめると、パパとママは笑顔で手を振った。
「……ちょっと行ってくる」
「ヒサ!?」
「そこのっ、そこの角までー」
　そうパパとママに告げると、私はセンパイを追いかけた。
　さっきのあの、うつむいた顔が気になって……。

「センパイ！」

「ヒサ！　どうした？」
「そこまで送ってく」
「暗くて危ないからいいよ」
「……その角まで行く」
「……」
　ここら辺の住宅街はとても静かで、走ってきた息づかいまで聞こえてしまいそう……。
「センパイ……ごめんね。今日はなんだか無理やり……」
「そんなことないよ。楽しかった」
「ホント？」
「あぁ、お土産までもらっちゃったし、母さん喜ぶよ」
　そう言うと、ニカッと笑ってみせた。
　いつものセンパイの笑顔にホッとする。
　でも……。
「誰かの家に行って、こんなに楽しかったのは初めてかな」
「えー、ホントー？」
「あぁ、記憶にない……思い出せない……」
「え？」
「あ……いや、楽しかったよ、本当に。……忘れたくないな……」
　センパイはそう言うと、またうつむいた。
　言葉とはうらはらなセンパイの寂しそうな顔が、いつまでも忘れられなくて……。
　何か、モヤモヤとした胸騒ぎのようなものが、ずっと続いていた。

「ぎゃあ!」
「うわっ!?　ヒサどうした!?」
「……」
「ぶーーーーっ!」
　私の大声に驚き振り向いたセンパイが、私を見て吹き出した。
　この暗がりによそ見をしていたから……道の隅にある溝に片足を突っ込んでしまった。
「ぷっ……くくっ……」
「センパイ!　そんなに笑わなくたってー」
「あー、悪い悪い」
　笑いをこらえながらセンパイは私の手を取ると、溝からズボッと引き上げた。
「今どきドブに落ちるヤツ、久しぶりに見たな」
「ひどーい!　こんなとこ開いてるのがいけないー」
　パパの大きいサンダルなんて履いてこなければよかったと、泥だらけの足を見て後悔した。
「足、大丈夫か?　まったく何よそ見してんだか」
「……センパイを……」
「え?」
　センパイを見てたんだよ。
　そう、言いかけた。
「……」
「……」
　いつもの笑顔に安心していたけど、今まで大笑いしてい

たセンパイから笑いが消えた。
「暗いから危ないって言ったろ」
　ドキン……。
　センパイが私の手を握った。
「……」
　ドキン。
　ドキン。
　センパイと手を繋いで歩く。
　センパイは前を向いたまま。
「まったくヒサはドジだな。よそ見なんかして」
「……」
「俺を、見てたの？」
　ドキン！
　その言葉に、無意識に手が震えた。
　センパイは振り向くことなく、私の手を握り歩いていく。
　ドキドキと鳴る胸の音がうるさすぎて、返事もできない。
　ドキン。
　ドキン……。
　静かな住宅街。
　ドキドキという大きな胸の音が、聞こえてしまいそう。
「……」
　私は手を引かれながらセンパイの後ろ姿を見つめた。
　……そうだよ。
　センパイを見ていたの。
　そう、繋いだ手から伝わってくれたらいいのに……。

舞踏会 ―時間よ止まれ―

 夏休みがこんなに短いと、感じたことは今までなかった。
 何にも興味のない私は、長い夏休みをいつも持て余していた。
 海やプールも好きじゃないし、とにかく暑いのが嫌いで、夏休みはいつも引きこもり状態だった。
 ……それが、こんなにあっという間に夏が過ぎてしまうなんて。
 学校行事とはいえ、優也センパイと過ごせることが嬉しかった。
 あの時、大森先生に言ったように、優也センパイは本当に補習科目を教えてもくれ、いつも優也センパイと一緒だった。
 それだけで、私のこの夏は充実したものになった。
 新学期に入っても学園祭の準備に追われ、めまぐるしい毎日を過ごしていた。
 季節はどんどん移りゆく……。
 秋の薄い雲が、青空に浮かぶ。
 少しずつ肌寒くなる、秋の風は好き。
 そして迎えた学園祭当日。
 一部と二部で構成された学園祭。
 第一部、前年より規模を縮小したという、１クラスずつで取り組んだ屋台や出し物も、賑わいは前年以上だという。

そして、メインの第二部、舞踏会。

私の提案した、シンデレラの舞踏会をイメージして、夕方、日が暮れてからの開催だ。

学校で用意している人もいれば、一度うちへ帰って用意してくる人もいるようで、なんだかみんな慌ただしくなっている。

もちろん、生徒会のメンバーは主催者側として、みんなドレスにタキシードを着ているらしい。

私とカオ、そして田辺さんは、誰もいない図書室で急いで支度をしていた。
「わぁ、見て！」

カオがそう声を上げると、2本の大イチョウの間に、キャンプファイヤーのように火が焚かれていた。

まだ陽が沈む前の薄い夕暮れの中、その炎が赤く揺れている。
「すごくキレイ」
「あれは、生徒会長の案なんだよ」

私の髪を巻きながら、田辺さんが言った。
「優也センパイの？」
「そう。いろいろコストを抑えるためもあるけど、あの自然の灯りが舞踏会とハロウィーンぽくて、いいだろって」
「うん、すごく素敵！」

まだ時間はあるのに、炎のまわりに生徒たちが集まっている。

ここから見ても、かなりの人数だということがわかる。

「よし！　これでオッケー！　あとは、ドレスがあればでき上がりだよ」
　田辺さんが、ポンと私の肩を叩いた。
「ありがとう」
「ヒサすごい！」
「え？」
　私が鏡を見ようと手に取ると、カオが大声を出した。
「なっ何!?」
「ヒサ、かわいい！　別人みたい！」
「そ……そう……？」
「私の腕がいいんだよ～」
　田辺さんがすかさず言う。
「う……うん、そうだね」
　カオが苦笑いで返す。
　その２人のやりとりに笑ってしまう。
「でも柏木さん、髪おろしてたほうが似合うね」
「そう？」
　そういえば、面倒くさくっていつも髪は結わきっぱなしだったっけ……。
「うん！　本当にヒサかわいいよ！　こんなカッコ、普段することないもんねぇ。本当に嬉しい！　テンション上がるわー」
　そう言いながら、カオはくるくる回った。
　ドレスがふわりと揺れる。
　カオは大好きな色という、ピンクのミニのドレス。

どこで選んできたのか、すごくたくさんのリボンがついている。
　こんなフリフリやリボンが好きだなんて初めて知った。
　やっぱり制服だけを見ていたら、その人の好みってよく知らなかったと気づく。
　でも、そのフリフリやリボンがカオに似合っていた。
　髪もふんわりアップにして、耳の下へ下がるおくれ毛が、とてもかわいい。
　田辺さんは、ショートの黒髪に似合う、黒のノースリーブのタイトなドレス。
　同い年とは思えない色っぽさだ。
　メイクもシャープに、大振りのイヤリングが揺れて光る。
　２人とも、いつもの学校では見られない姿。
　自分の似合うものを知っていることに、やっぱり女の子なんだな……と思った。
　それに比べて私は、こういうことにどれだけ無関心だったか……。
　まあ今でも、ファッションやメイクに興味を持てと言われても、頭を痛めてしまいそうだけど……。
　もし……優也センパイが、こんなふうな女の子が好きと言ったら、そういう女の子になってみたいと頑張っちゃうかもしれない。
　きっと、みんなみんな、恋している女の子はそういう思いをしているんだろうなぁ……。
　この舞踏会、私はそれをイメージしていたんだ。

いつもとは違う自分を見てほしい。
みんなが変われる瞬間。
真夏の夜の夢。
季節はもう秋に移り変わっているけれど、この夢の一夜ははじまったばかり……。
「ヒサ、紫好きだったっけー?」
カオが私のドレスに触れながら言った。
「うん」
「そのドレスの色も形も、柏木さんにすごく似合ってる」
私は、紫のロングドレス。
足を出すのも嫌だったんだけど、タイトなものはお尻(しり)の大きさが際立っちゃって……。
それに、裾(すそ)が長く伸びるこの形のドレスを見て、すごく気に入ったんだ。
リボンやレース、なんの飾りもないシンプルなサテンのドレスだけど、裾に向かって大きく広がっているのが、とても気に入っている。
「髪はね、シンデレラをイメージしたの」
そう言いながら、田辺さんはもう一度髪を直してくれる。
「シンデレラ?」
「そう、シンデレラ。柏木さん言ったでしょ。今日の舞踏会はシンデレラの舞踏会だって」
いつもおろしたことのない長い髪をくるくると巻き、前髪は少し高めにピンで留める。
そこに小ぶりのティアラが乗った。

「階段を走り下りる、シンデレラのイメージなの。長い髪がほどけて、ふわりとなびく……」
「うん！　わかる！　ヒサすごくキレイだもん」
　カオが興奮したように言った。
「ありがと……今までこんな恰好したことなかったから、すごく恥ずかしいけど……」
「アタシだってー」
「うん、みんなそうだと思う。こういう恰好できる機会なんて、ほとんどないし。きっとみんな、自分が変身できることに喜んでると思う」
　田辺さんがそう言った。
「うん、みんながそう思って楽しんでくれたら、それだけで嬉しいな」
　私みたいに興味のなかった人もオシャレを目一杯して、数時間だけの舞踏会。
　一夜の夢……。
　夕日も沈み、空にはいくつもの星が見える。
　チラチラ揺れる炎。
　点々と並ぶ、淡い光の照明。
　ぽかりと浮かぶ炎に照らされた大イチョウから、ハラハラと葉が舞い落ちる。
　とてもキレイ……。
「ヒサ、そろそろ行くよー。準備できたー？」
「あ、うん、待ってー。背中のファスナーが……」
　ドレスの背中のファスナーが上手く閉まらず、モタモタ

してしまう。
「後ろ閉まんないのー？」
「うん、届かないー、閉めて〜」
　私は思いきり手を背中に伸ばした時だった。
「あっ」
「え？」
　いきなり何かに驚くような2人の声が聞こえた。
「何ー？　どうしたのー？」
　背中に手を回したまま、身動きがとれない。
「ねー、どうし……」
　そう言いかけた時、背中のファスナーが少し上がった。
「あ、ありがと」
「体、硬いな」
　ビクン！
　その声に心臓が止まりそうになった。
「ゆ……優也センパイ!?」
　私は振り向こうとするけど、背中を向けたままでセンパイに止められた。
「そのままで」
「え……だって……、2人は……」
　ドキン。
　ドキン……。
　胸の音が激しくなる。
「2人は先に行ったよ」
「え……」

ドキン。
ドキン……。
センパイと2人きり……。
一度上げられた背中のファスナーが、そっと下がった。
「センパイ!?」
「しっ……」
開いたドレスの背中から、センパイの両手がそっと中に入った。
そして、手が私の腰に回され、素肌に触れた。
ビクン。
驚いて体が跳ね上がった。
腰に回された手が、私のお腹の前で交差する。
ドキン。
ドキン。
私はギュッと目を瞑った。
体が震える。
息が止まってしまいそう……。
「ヒサ……」
センパイは私の名前を呼ぶと、後ろからギュッと抱きしめた。
ドキン……。
ドキン……。
どうして……センパイ……。
こんなに近くにいたら、センパイに心臓の音が聞こえてしまう……。

うつむいたまま、顔が上げられない……。
「ヒサ、キレイだよ」
　センパイのその言葉に、涙が溢れた。
　抱きしめられた体が熱い……。
　溢れた涙で、目の前がぼやけて見える。
　外の灯りが、涙で揺らめいていた。
「ヒサ……」
　腰に回されていた手が、いつの間にか私の頬に触れた。
　そっと開いた瞳から、ポタリと涙が落ちるのがわかった。
　月あかりで照らされた、センパイの横顔。
　目が合うと、一瞬、めまいのような感覚。
　止まらない鼓動が、苦しくて……。
　痛くて……。
　今にも息が止まってしまいそう……。
　私はもう一度目を閉じた。
　そして……。
　センパイの温かい唇が……私の唇に重なった。
　一夜の夢──。
　それでもいいと、思った。
「ヒサ行こう」
　センパイはそう言うと、私の手を引いた。
　慣れないドレスとヒール。
　ドキドキが止まらない、震える足。
　みんなの待つ夜の校庭へ続く階段が、まるでシンデレラの童話に出てくる長い階段のように思えた。

夜の校庭にキラキラ。
輝くライトが目の前を揺らす。
女子生徒たちの、「きゃあ！」という大きな声が校庭に響いた。
センパイを見つめる女の子たちの、あまりにも大きなざわめきに一瞬震えが走り、足を止めてうつむいた。
センパイの手に力が入る。
私はセンパイを見上げた。
キラキラ光るライトに照らされ、センパイは私に優しく微笑む。
一夜の夢。
それでもいい……。
センパイの笑顔を忘れたくない。
この時間が……。
ずっと、永遠に、続けばと——。

不穏な風

　枯れて黄色く色づいた落ち葉。
　サクサク乾いた落ち葉の音。
　私は、校庭の大イチョウの下に立っていた。
　イチョウの葉の絨毯(じゅうたん)を踏みしめる。
　柔らかい感触。
　私は空を見上げた。
　高く晴れ上がる空には、うろこ雲。
　学園祭が終わってから３日。
　あっという間の１日だった。
　本当に一夜の夢だった。
　なんだかポツンと、心に穴が空いたような寂しさ……。
　喪失感……。
「あーいたいた、ヒサー」
「奈々ちゃん」
　落ち葉を舞い散らしながら、走ってきたのは田辺さんだった。
　学園祭準備から意気投合して、今ではよく一緒にいる。
「図書室にいないから、もう帰っちゃったのかと思った。あ！　今日は髪おろしてるんだね。ヒサ、そのほうが似合うよー」
「うん……」
　私は奈々ちゃんの言葉にうつむいた。

「どうしたの？　あ……生徒会長に会いづらい？」
　奈々ちゃんが何か言いたそうに、ニヤッと笑う。
「まぁねー」
「本当にあの時のヒサは、シンデレラだったもんねー。生徒会長がヒサを連れて校庭に出てきた時の、あの悲鳴にざわめき……。すごかったよねー」
　そう——。
　今、冷静に思い返せば……。
　あのあと、私はセンパイに手を引かれ、みんなが集まる校庭に出た。
　舞踏会の最中は、本家プロムにならって、さまざまな音楽が流れていた。
　クラブミュージック、カントリー……。
　耳と目と……全身が、今までに経験したことのない刺激で満たされていた。
　学生服とは違う、センパイのタキシード姿。
　初めてジュエリーショップで見た時のような、大人なセンパイの姿にドキドキしていた。
　センパイの人気はすごいから、他校からもセンパイ目当てで来ている女の子もいる……なんて話も耳にしていた。
　センパイに手を引かれた私が、みんなの前に出た時の女の子たちの悲鳴、ざわめき……。
　隣にいて私の手を引くのは、こんなにも女の子に人気のある優也センパイだという優越感と、そして、この学校の生徒会長なんだ……と、現実に引き戻された瞬間だった。

「短い夢……だったなぁ……」
　私がボソッと呟くと、奈々ちゃんは私の肩をポンポンと叩き、「そんなもんよ、そんなもん！」と笑った。
「けどさ、あの時の生徒会長、私に言ったんだよ。『ヒサと２人きりにしてくれ』って。キレイになったヒサを見て、生徒会長びっくりしてた。これは夢なんかじゃなく、はっきりとした現実」
　奈々ちゃんの言葉に、顔がどんどん赤くなっていく。
　それを見て、また奈々ちゃんが笑った。
「きっと、生徒会長もヒサのこと好きなのかも」
「え……」
　思いがけない言葉に驚く。
　そして奈々ちゃんはうつむいた。
「……」
　奈々ちゃん……まだ、優也センパイのこと……。
「本当によかったと思ってるんだ。生徒会長に、他に好きな人ができたなら……」
「奈々ちゃん……」
「だってね、学園祭すごい反響らしいのよー。まったくうちの学校とは関係ない出店まで、学校のまわりに集まっちゃったくらい。街のお祭りでもないのに、あまりの人の多さに警察も出てたらしいし」
「学校の外もずいぶん賑やかだったもんねー」
「そうそう！　そうなのー！　お祭り騒ぎでもなく、品もあって楽しかったって、学校にも電話とかきてるらしいよ」

奈々ちゃんは興奮したように言った。
「生徒会長もその対応に追われてる。忙しくても生き生きしてて、本当、前の生徒会長に戻った気がするんだ」
奈々ちゃん……。
「さ、そろそろ生徒会長も戻ってくるよ。図書室行こ」
そういうと、グイッと私の手を引いた。
『生徒会長もヒサのこと好きなのかも』
もしそれが本当なら、どんなに幸せか……。
こんな歳になってもメイクやファッションに興味も持てなかった……。
カワイイには程遠く、人前に出たり、目立つことが苦痛でしかなかった。
そんな私が、少しずつ少しずつ変わっていく……。
それはきっと、センパイのおかげだよね……。
「あ！」
突然声を上げ、くるっと奈々ちゃんが私のほうを振り向いた。
「舞踏会のヘアメイク、あれは私の腕がよかったんだからね！　覚えておいてよ！」
「ぷっ……」
その言い方が、奈々ちゃんらしい。
秋の黄昏(たそがれ)。
私たちは、図書室へ向けて歩き出した。

図書室へ行くと、窓から入る夕焼けに照らされたセンパ

イが、いつもの席で眠っていた。
　舞踏会の後処理があるからと、奈々ちゃんはそのまま生徒会室へ入っていった。
「……」
　私はそっとセンパイに近づく。
　前にもこんなことがあったよね……。
　私はセンパイの斜め前の席に座ると、眠っているセンパイを見つめた。
　夕日の赤が、センパイの髪に映る。
　センパイの髪、案外茶色かったんだ……。
　キレイ……。
　そっと手を伸ばした。
　センパイの寝息が、スースーと聞こえる。
　センパイ……疲れてるのかな……。
　起こしてはいけないと、伸ばした手を止めた。
　触れたい……。
　そう思うほど、キレイな寝顔。
　舞踏会の時のことを思い出し、急に恥ずかしくなって私は顔を両手で覆った。
「はぁ……」
　大きく息を吸い、吐く。
　何度も繰り返し、自分を落ちつけようとした。
　それでも、ドキドキがよみがえる。
　どんどん……どんどん……。
　センパイを好きになる……。

『何年も離れて、それでもお互い忘れず好きでいられる自信があれば、きっと彼女と別れてなかったと思う』
　あの時のセンパイの言葉を思い出しても、センパイは今もまだ彼女のことを忘れられなくても……。
　それでも私は、センパイのことが好きで……。
　好きで……。
「ヒサ……？」
「あ、ごめんなさい、また起こしちゃった……」
「いや……」
　センパイは、ふぅと一息つくと、頭を押さえた。
「センパイ、頭痛いの？」
「あ……いや、ずっと忙しかったからな。ちょっと疲れてるだけだよ」
「大丈夫!?」
「平気平気」
　そうセンパイは笑っているけど、疲れているのは目に見えてわかる。
「ヒサ、学園祭ありがとな」
「そんなこと……私は何も……」
　一瞬の沈黙。
　センパイはあの時……舞踏会の時のこと、どう思っているの？
「あ……センパイ、あの……」
　ガタン。
　私が話し始めると同時に、センパイが立ち上がった。

「今日はそろそろ帰るかな……」
「あ……」
　気まずさが残る。
「……」
　私が何を言いたいのか、わかっているそぶり……。
「そうだヒサ、猫、タローと……」
「？　ヒゲジロー？」
「そうそう、ヒゲジロー、元気か？」
「うん、元気いっぱいだよ。……センパイ、どうしたの？」
　ヒゲジローもセンパイがつけた名前なのに、忘れるなんて……。
「そっか」
　センパイは微笑むと、そっとうつむいた。
「母猫は？　サビ子。サビ子は元気？」
「あぁ、サビ子も元気だよ」
「よかったー。サビ子、タローとヒゲジローのこと心配してないかなー」
「……」
　私の言葉に、センパイの笑顔が消えた。
「センパイ？」
「……きっともう、覚えてないよ」
「え？」
「忘れてしまってる」
「そんな……」
「猫は仔猫をたくさん産むんだ。自分の子だと、すべて覚

えてる猫はいないよ」
「……」
　センパイ……どうしてそんなこと言うの……？
　センパイはカバンを持つと、私を見ることなく、そのまま図書室を出ていった。

「……」
　センパイ……。
　疲れているからとはいえ、いつもとは違う様子になんだか胸騒ぎがした。
　私は図書室の窓から外を見た。
　帰っていくセンパイの後ろ姿……。
　センパイ……どうしちゃったの？
「あれ？　ヒサ1人？」
　図書室の入り口から奈々ちゃんが顔を出し、声をかけてきた。
「……うん」
「生徒会長は？」
　奈々ちゃんは図書室に足を踏み入れると、1人窓の外を見つめる私に近づいてきた。
「今、帰っちゃった……」
　そう言った私の視線の先には、大イチョウの下を通りすぎるセンパイの姿があった。
「え!?　帰った!?」
　奈々ちゃんの、あまりにびっくりした声に私も驚き、奈々

ちゃんのほうを見た。
「どうしたの？　そんなに驚いて……」
「だって、学園祭の反省会をするからって言われて、みんな生徒会長に集められたんだよ!?　もうみんな生徒会室にいるのに……」
「え……そうなの？　センパイ、今日はもう帰るって……」
　私は図書室の窓を全開にすると、身を乗り出した。
「センパイ！」
　センパイに向かって叫ぶ。
「優也センパイ！」
　センパイが気づき、振り向き見上げた。
「センパイ、戻ってー！」
　私の声は聞こえているはずなのに……。
　センパイは視線を落とし、そのまま歩いて学校を出た。
「……センパイ……」
「……生徒会長どうしちゃったんだろう……」
　奈々ちゃんが驚いたように言った。
「……」
　センパイ……どうして……？
　私の声、聞こえていたはずなのに……。
　しかも、生徒会のことも、約束していたことも忘れてしまうなんて……。

　秋の終わり。
　冷たい風が吹き込む。

雲のない夜空。今日は星がよく見える。
　私はそっと窓を閉めた。
　夜になると風はすっかり冷えきって、お風呂あがりの体は一気に冷たくなってしまう。
　ベッドに投げられた、スマホのランプが光っていることに気づいた。
　見ると奈々ちゃんのから着信。
　急いで電話をかけ直す。
《もしもし、ヒサ？》
「うん、ごめんね、電話くれたのに。お風呂入ってたんだ」
《こっちこそ急にごめんね》
「ううん、どうしたの？」
　ベッドの上に転がるタローとヒゲジローを撫でながら、話を続けた。
《今日の生徒会長のことなんだけど……》
「あ、うん……」
　さっきのセンパイの帰っていく後ろ姿を思い出し、キュッと胸が痛くなった。
《あのあと副会長から連絡が来たんだけど、なんだか具合がよくないらしくて……。当分、生徒会も欠席するって》
「具合が悪くて!?」
《うん、学園祭も大変だったし、疲れが出たのかもね……。当分、副会長が代行するって》
「……学校には来れるのかな……」
《どうだろうね》

「……そっか……。わざわざ連絡ありがとね」
《ううん、ヒサもさっきのこと気になってたと思うし》
「うん、ありがと」

　電話を切ると、21時を回っていた。

　ベッドの上のタローとヒゲジローも、いつの間にかスヤスヤと寝息を立てて眠っている。

「……」

　大成功だった学園祭。

　準備も順調に進んでいた。

　でも、学校側、保護者側と、間を取り持っていたのはすべて、優也センパイだったと聞いた。

　人には任せられないことを1人で背負い、責任も疲れもストレスも大きかったはず……。

　学園祭が終わってその後処理。そして、すぐ受験勉強に集中しなければいけない。

　体にも心にも余裕がなくて当然だよね……。

　それなら、さっきの優也センパイの変わった様子がわかる気がする。

　私はスマホを手に取った。

　そしてまた置く。

　何度もそれを繰り返した。

　センパイに連絡したい……。

　声が聞きたい……。

　センパイ、大丈夫かな……。

　何度も、何度も、そう思い続けていた。

涙のクリスマス

　あれからもう3週間がたっていた。
　街並みは一気にクリスマスに変わり、イルミネーションが輝き出す。
　柔らかいオレンジ色のライトに包まれた街。
　街路樹につけられたライトがクリスマスツリーのようで、華やいだ雰囲気に胸が躍った。
　ショッピングモールの店頭には、かわいらしいオーナメントやキャンドル、お菓子が並ぶ。
　昔からロマンチックとはほど遠い私だったけど、この季節になると街中も華やかになって、ウキウキした気分になるのが好きだった。
　学校でもクリスマスのことでみんなは盛り上がり、まわりは浮き足立つ。
　名門校とはいっても、普通の高校生で、クリスマスを心待ちにしている感じが、私はとても好きだった。
　図書室から見る2本の大イチョウも、どんどん黄色い葉を散らせている。
　葉が落ちて裸になった枝が、どんどん上へ上へと伸びている気がする。
　夏が苦手な私は、この季節の雰囲気が大好きで、恋人たちが寄り添いながら歩く姿を見るのもとても好きだった。
　そして、今でこそ、いつか自分も好きな人と……なんて

夢見たりして……。
　あの日以来、センパイと話すことはなくなった……。
　当分休むと言って、生徒会にも来ていないみたい。
　学年が違うから、教室も下駄箱も離れていて、センパイの姿を見ることもできずにいた。
　学校に来ているのか、それすらもわからない。
　連絡してみようか……。でも、受験生のセンパイに迷惑もかけたくない……。
　もしかしたら、生徒会の奈々ちゃんなら何か知っているかも……でも、あの時のように自分が勉強の邪魔をしているようで……。
　そう思うと、何もできずにいた。
　私はいつも持ち歩いている、指輪の入ったポーチをポケットから取り出した。
　手のひらの上に２つ。
　センパイからもらった指輪……。
　いつか、センパイとつけたいと思っていた。
　あの学園祭以来、日に日に強まっていく想い。
　会えなければ会えないほど気持ちは増していくようで、初めて感じるこの想いは、いつか溢れてしまいそうな感覚で自分でも怖かった。
　もし、告白したら……、センパイは迷惑かな……。
『たぶん、もうこんな恋愛はしないかな』
　そう言ったセンパイの顔が頭をよぎる。
　まるで、最後の恋だと言うように、センパイをそんな気

持ちにさせるのは……。
「……」
　窓の外に目をやると、大イチョウに隠れるように建つ校門に、1人の女性が立っていた。
　うちの制服ではないことは、見てすぐわかった。
　厚手のコートで隠れてはいるけど、あの緑の制服は、近くのお嬢様校のもの……。
　遠くからではよくわからないけど、腰まで届きそうな長いウエーブの髪が、とてもキレイな印象を与えた。
　そこへ走ってきた人。
　女性はその人へ振り向き、手を上げた。
　走ってきた男の人の後ろ姿を見て、心臓が止まりそうになった。
「……センパイ……」
　胸がかき乱されるような感覚……。
　足の先から震えが走る。
「……」
　見たことなかった。
　どんな人なのか……。
　あの人が優也センパイの元カノだということが、すぐにわかった。
　センパイ……。
　どうして……。
　震える手をギュッと握りしめた。
　こんな感覚、生まれて初めてだった。

息ができなくなりそうな苦しさが、どんどん襲う。
涙は溢れて……。
「柏木さん！　なんなのこれは!?」
突然の大声に驚き振り向くと、そこに大森先生が立っていた。
図書室の机の上に、うっかり置いてしまっていた指輪を、大森先生が手にしていた。
「あっ……それは……」
私は急いで取り戻そうと、手を伸ばした。
「こんなもの！　こんなもの、学校に持ってきていいわけないでしょ！」
大森先生は私に指輪を何度も見せながらそう言うと、伸ばした私の手を払った。
「こんなもの!?」
「そうでしょ！　だって学校には関係ないものでしょ！学校は勉強するために来るところなのよ、こんなもの持ってくるところじゃないのよ！」
取り返そうと伸ばす私の手を、大森先生は何度も払いのける。
「こんなもの……こんなものって言わないでよ!!」
ガターーーーーン!!
突き飛ばした先生が、机と机の間に転がるように倒れた。
「何!?」
その大きな音に気づき、生徒会軍団の数人の生徒が図書室に飛び込んできた。

「先生？　大森先生？」
　１人の生徒が倒れた大森先生に近づき、体を揺する。
「ヒサ!?　どうしたの!?」
　座り込む私に、奈々ちゃんが声をかけてきた。
「……」
　声が言葉にならない……。
「大森先生!?」
　生徒たちが集まる。
　席と席の間から、倒れた大森先生の足が見えた。
「キャーーー！　大森先生ーーーーー！」
　大きな悲鳴が、図書室に響いた。

《大森先生、頭を打って数日入院らしいけど大丈夫だって》
「……そう……よかった……」
　私は自分のベッドに横になったまま、電話で奈々ちゃんと話していた。
　寝たまま見上げた冬空は、澄み渡っている。
　１本線に伸びる、飛行機雲がハッキリと見えた。
　こんな昼間に自分の部屋にいるなんて……。
　風邪で学校を休んだ時くらい……。
　大森先生を突き飛ばしてケガをさせた私は、10日間の停学になっていた。
《大森先生の教育熱心さは有名だけど、ちょっと行きすぎてるんじゃないかって、ＰＴＡのほうでも言われてたらしいんだ……》

「……」
　だからか……停学で済んだのは……。
　あの学校だもん、教師を入院させたなんてことになったら、退学にでもなりそうだし……。
《ヒサは、前から大森先生に目をつけられてるようなところもあったし……。でも、どうしちゃったの？　こんなこと……》
「……ごめ……ん……今度、話すね……」
　震える声を絞り出す。
《……うん、わかった》
　あれからずっと、気づくと涙が止まらなくて……。
　無我夢中だった……。
　頭の中がいっぱいで、指輪を奪われてしまう恐怖と、センパイとの大切なものがなくなってしまうんじゃないかという不安と……。
「ごめんね……ごめん……」
　私はなぜか、奈々ちゃんに何度も謝り続けた。
《ううん、また連絡するから》
「うん……ありがと……」
　センパイと彼女のこと……。
　大切な指輪のこと……。
　思い出すだけで、胸が苦しくなる。
　この行き場のない想いは、誰かに話したら少しは楽になるのかな……。
　すると、また涙は溢れて……。

こめかみを伝う涙を、タローがペロッと舐めた。
「……タロー」
「ニャー」
　お兄ちゃんのあとを追いかけ、真似をするように、ヒゲジローもペロッと頬を舐める。
「……ヒゲジロー」
「ミャー」
　タローもヒゲジローも、私のそばにピタッとくっついたまま離れない。
「……なぐさめて……くれるの？」
　私は2匹をギュッと抱きしめた。
「ありがとー……」

　窓を開けると、明けたばかりの青白い空が、朝の冷気とともに輝いている。
「はぁ」
　息を吐くと、白くハッキリ見えた。
　それだけで寒さが増したように感じ、急いで窓を閉める。
　いつもより、ずいぶん早く目が覚めた。
　今日から10日ぶりの学校だ。
「ヒサ、もう行くの？」
　ママはそう言いながら、私にお弁当を差し出す。
「うん」
　いつもより早く家を出た。
　パパもママも何も言わないけど、どことなく寂しそうな

目をする。
　そりゃそうだよね……。
　自分たちの母校の名門校で、せっかく入った娘がまさかの停学って……。
　何も言わない分、余計にへこむ……。
　ガツンと怒られたほうがまだマシだ……。

　朝の空気が、肌を突き刺すように痛い。
　私はコートのポケットに、急いで手を入れた。
　通りすぎる会社員や、OLさん。
　こんなに早く出かける人がいるなんて、今まで気づかなかったな……。
　学校につくと、もうすでに門は開いていた。
　先生たちも、こんなに早く来ているのかな……。
　私は上履きに履き替えると、教室ではなくB棟へと向かった。
　職員室前は、そっと音を立てず通りすぎる。
　ふと見ると、少し開いた職員室のドアの向こうに、大森先生の姿が見えた。
　気づかれたくないと、急いで隠れてしまう。
「……」
　大森先生……こんなに早く来てるんだ……。
「……」
　横顔をよく見ると、頬に絆創膏が貼ってあるのが見えた。
　私は気づかれないよう、急いで階段を駆け上がった。

謝らなければいけない……。
　いけない……。
　それは、わかってるけど……。
　図書室のドアを開けると、ふわりと暖かい風が頬に当たった。
「おはよ」
　次の瞬間、優也センパイの声がした。
　私は慌てて、図書室のドアを閉めた。
　だけど、そんなのなんの意味もなかった。
　すぐにドアは開かれ、先輩が中に入ってきた。
「ヒサ！」
「……」
　目の前に立つ……センパイ。
　私はうつむいた。
　センパイと目を合わせられない……。
　会いたくなかった……今は……。
　今はまだ、自分の心に余裕がない……。

「はい」
　そう言うと、センパイはペットボトルのコーヒーを私に差し出した。
　無言のまま、ペコリと頭を下げる。
　温かい……。
　受け取ったペットボトルから伝わる温かさ。
　冷えた指先が、じんわりと熱くなる。

「今日から学校に来るって聞いたからさ」
「……」
　まさか優也センパイが、こんなに早く学校へ来ていたなんて……。
　私は相変わらず、センパイと目を合わせられずにいた。
　この間のことが、どうしても頭から離れない……。
「ヒサ、大森先生のこと聞いたよ……。なんで、あんなことになったんだ？」
「……」
　私はうつむいた。
「ヒサ……」
「……指輪、大森先生に取られそうになって……」
「やっぱりそうだったか……この学校が厳しいことくらい、ヒサは、わかってたろ？　あんな指輪くらい没収されても、いつかは返してくれるのに……」
「……センパイまで、そんなふうに言うの？」
「え？」
　私は体が震えそうになり、手に持っていたペットボトルをギュッと握りしめた。
「あんな指輪くらいって……」
「ヒサ？」
『この指輪を初めて指につけたのは、ヒサなんだよ』
「――誰にも触れられたくなかったの……。一時でも離したくなかったの……」
「それはわかるよ。ヒサがどうしても欲しかった指輪だっ

てこと。でも……」
「違う！　センパイからもらったものだから！」
　私はセンパイへ振り返ると、大声で言っていた。
　私の言葉に目の前にいるセンパイの驚く顔が見えた。
「センパイ気づいてよ！　離れたらダメになるとか、気持ちがなくなるとか、誰もがみんな同じじゃないって……。私と彼女を一緒にしないで！」
「ヒサ……」
　声はかすれ、いつの間にか涙が溢れて、息が詰まるほど胸が苦しくて……。
　わかってる……。
　わかってるよ……。
　今もまだ、センパイは彼女を忘れていないって……。
　私はセンパイに背を向けると、必死で涙を拭いた。
「……っ……」
　それでも、次から次へと涙は溢れる。
「ヒサ……」
　センパイの手が私の肩に触れた。
「そうだな……みんな同じ気持ちじゃないよな……。きっと、こんな俺のことを一生思い続けてくれる人が近くにいるかもしれないよな……」
「……」
　センパイ……。
「でも……。俺が忘れてしまうかもしれない……」
「え？」

「その人は……俺が忘れてしまっても、俺のことを思い続けてくれるだろうか……」
　センパイ……？
　それは、どういう意味？

遠い背中

"センパイとペアリングをつけたいな"
　そんなクリスマスの夢は、涙で終わった……。
　新年を迎え、新学期が始まると、あの指輪は私の元へ返ってきた。
「わかってほしかったんだ……センパイには……。私には、大切な大切な指輪だってこと……」
「そっか……。生徒会長とは、そんな出会いだったんだね。だから初めから、親しく話してたんだ……」
「うん……」
　私は奈々ちゃんと、小さなカフェに来ていた。
　奈々ちゃんのお母さんが経営している美容室の隣にある、木の温かみが落ちつくナチュラルな雰囲気のカフェ。
　お母さんの妹さんが経営しているという。
　こぢんまりした店内に、3つ程並ぶテーブルはいつも満席で、私たちはカウンターの隅が指定席になっていた。
　見ると、みんな柄の違うカップを手にする中、私にはいつも同じ、口の大きく開いた丸みのある、クリーム色のカフェオレボウルを出してくれる。
　初めて来た時、このカフェオレボウルがすごく気に入ったのを、いつも覚えていてくれる。
　そのカップから一口カフェオレを飲んだ。
　たちまち体が温かくなる。

「はぁ、おいしー」
　私の言葉に奈々ちゃんが、クスッと笑った。
「なに？」
「ううん、久しぶりにヒサの笑った顔を見たなーって」
「え？　そう？」
「うん、最近は、どよ〜んとした顔してたからさ。そうだ！　ねぇ、叔母さん！　いつものパンケーキ焼いて」
　奈々ちゃんは、カウンターにいる叔母さんに声をかけた。
「ブルーベリーソースの？」
「うん、そう！」
　奈々ちゃん一家は、みんな美人さんなんだなぁ……と思いながら、私は２人のやりとりを見つめた。
「２人でシェアするんでしょ？　１皿で……」
「１人１皿！」
「別々で！」
　叔母さんが言いかけたのと同時に、私たちがハモる。
「ぷっ……」
　顔を見合わせ笑った。
　天井の大きなファンが回り、店内の暖かい風が、ふんわり動くのを感じた。
「……やっぱり、この指輪はセンパイに返したほうがいいのかな……」
「どうして？　せっかく生徒会長からもらったんでしょ？　そんな大切なもの、返さなくたっていいじゃない」
　奈々ちゃんは、パンケーキを頬張りながら言った。

「でも……」
「でも？」
「この指輪は彼女とつけるために買ったものだし……。センパイもそれを望んでるんじゃないかって……」
「えー？　生徒会長が？」
「うん……」
　きっと彼女とヨリを戻したら、この指輪は彼女にあげたいと思うよね……。
　この間、2人が会っていたのがその証拠……。
「だってー、生徒会長は彼女と別れたじゃない。そういう指輪を返してもらっても……って思うわよ」
「そうかなぁ？」
「そうだよー。まぁヒサにとったら、彼女にあげようとしてた指輪をもらっても複雑だと思うけど」
「うん、思う……」
「そもそも欲しかった指輪なら、私なら割りきって『ラッキー』ってもらっちゃうけどなー」
「……そうだけど……」
　本当に複雑だよ……。
「それに彼女、新しい彼ができたって噂で聞いたし」
「え!?」
　私は驚いて、大声を上げてしまった。
　狭い店内に響き、お客さんが一斉にこちらを見た。
「ヒサ、何よー、そんなに驚くー？」
「……」

彼女に新しい彼が？
「だって彼女すごい美人だもの、彼がすぐできても当然と思うなー。でも、生徒会長みたいにイケメンじゃないと許さないかもー。やっぱり美男美女っていうのが理想よねー」
　奈々ちゃんは１人、力説している。
「……」
　そういう気持ちも私にはわからなかった……。
　優也センパイと彼女が、どれくらい付き合っていたとか、そんなのは聞いたことないからわからない。
　でも、奈々ちゃんの話だと、誰もがうらやむ美男美女のカップルで……それが別れたとしても、すぐにそんな別の人を好きになれたりするのかな……。
　すぐに忘れて、別の人を想うことができてしまうものなのかな……。
　じゃあ、あの時のことはなんだったんだろう……。
　校門のところで、優也センパイに笑顔で手を振る彼女を思い出す。
　あのあと、彼女の写真を奈々ちゃんに見せてもらって、校門に立っていたのはセンパイの元カノだということに間違いはなかったのに……。
　センパイの想いと彼女の想い、すれ違っちゃっているのかな……。
　私……『私と彼女を一緒にしないで』なんて、センパイにあんなキツイこと言って……。
　はぁ……私は大きくため息をついた。

3年生は、卒業式まで自由登校になっていた。
　本人の希望によっては、特別講座があるようだが、あれから優也センパイの姿を学校で見ることはなかった。
　センパイに謝りたい気持ちは常にあって……。
『俺が忘れてしまうかもしれない』
　あの言葉の意味を知りたくて……。

　私は優也センパイの家の前に来ていた。
　白い外壁の3階建て。
「うわーデカイ」
　私は見上げた。
　どこがセンパイの部屋だろう……。
　実はもう、この場所に15分以上いる。
　インターホンに指を当て、引っ込める……。
　それを何度も何度も繰り返していた。
「はぁ……」
　そして、ため息。
　はたから見たら不審者だろう……。
　足も手も、指先からどんどん冷たくなっていく。
　さすがにこれ以上、外にいたら凍えそうだ。
「……」
　私は勇気を振りしぼって、インターホンを押した。
　ピンポーン。
　ピンポーン。
　インターホンの音が響く。

ドキドキと心臓が鳴った。
《はい、どちら様ですか？》
　女性のキレイな声が聞こえた。
　お母さんだろうか？
「あっ……あ……あの、私、柏木といいます。柏木緋沙といいます！　あの……優也センパイは……いらっしゃいますか？」
　自分でも驚くほどの、ボロボロの言葉をインターホンに向かって話す。
《柏木……緋沙さん？　少々お待ちくださいね》
　そうインターホン越しの女性が言うと、プツッと音が消えた。
「……」
　えーと……待っていていいのかな？
　2分……3分……？
　なんだかとても長く感じた。
　その時、インターホン越しに先ほどの女性の声が聞こえた。
《柏木さん？　お待たせしてごめんなさいね。優也、今、具合が悪くて寝てしまっているの……》
「具合が悪い!?　大丈夫なんですか!?」
　私は驚いて、インターホンにへばりついた。
《えぇ……具合が悪いっていっても、寝不足っていうのかしら……》
「……そうですか……」

センパイ、相変わらず寝不足なんだ……。
　受験勉強が大変なのかな……。
　高校受験でさえ、私は苦痛で死にそうな思いをしたんだから、大学受験なんて比べものにならないだろうな……。
　想像しただけで、気分がへこむ。
《柏木さんが来てくださったこと、優也に伝えておくわね》
「はい、よろしくお願いします」
《ありがとう。わざわざ来てくださったのに、ごめんなさいね……》
「いえ……」
　私はそう答えると、センパイの家をあとにした。

　あれからいくら待っても、センパイからの連絡はいっこうになかった。
　奈々ちゃんに聞いても、生徒会にも学校にもセンパイが来ている様子はなかった。
　心配でセンパイに電話をしても、メールをしても返事はない……。
　スマホが鳴るたび、「センパイかも！」と必死に手に取る。
　スマホの着信音に、こんなにも敏感になることなんて今までなかった。
　あの時のこと、私が言いすぎたのかも……と、毎日不安に感じていて、後悔で胸が押しつぶされそうになる……。
「ヒサ大変！」
　そう叫びながら、奈々ちゃんが教室に飛び込んできた。

他のクラスの生徒が、違う教室に入ることを嫌う担任、大森先生が今日の昼休みは教室にいない。
　まるでそれをわかっていたかのように、奈々ちゃんは教室に飛び込んできたのだ。
「奈々ちゃんどうしたの？」
「ヒサ、大変なの！　生徒会長、任期が終わる前に、生徒会長の職を副会長に譲ったって！」
「え……それって……？」
「うちの学校は、３年の生徒会長が卒業するまで、会長職をすることになってるの。あと数ヶ月で卒業なのに、こんな時期に交代なんて、おかしいよ」
「……」
「生徒会長……どうしちゃったんだろう？　もう学校に来ないつもりなのかね……。まぁ生徒会長のことだから、もう追加の講座なんて必要ないかもしれないけど……」
「……」
「ただ、こんなこと異例だよ……」
　優也センパイ……。
　生徒会長が交代するという噂は、あっという間に学校に広まった。
　あんなに優秀な生徒会長の突然の交代。
　その理由を知る人も、センパイの様子を知る人も、誰もいなかった。
　このまま会えなくなるなんて、考えたくない……。
　センパイが遠くの大学に行ってしまったとしても、私は

待ち続けたい……。
　センパイに私の気持ちを、ちゃんと伝えたいのに……。
　センパイが誰の前にも姿を現してくれないことが、気がかりで……。
　迷惑だと思いつつ、私は毎日のようにセンパイの家に行っていた。
《ごめんなさいね……今日は留守にしていて……》
　留守……。
「そうですか……。センパイに私が来たこと伝えていただけますか？」
《もちろん、伝えておくわね》
　センパイのお母さんと、いつものインターホン越しのやりとりだった。
　寝ている……とか。
　留守にしている……とか。
　いつも会わせてもらえない……。
　それは、センパイは私に会いたくないということなのだろうか……。
　つまり、センパイは私のことが嫌いということなのだろうか……。
　そう思うと、また涙が溢れた。
　学校帰りのこの時間は、陽も落ちて寒さが増す。
　冷たい風がトゲのように肌を刺す。
「はあ」
　登る白い息を見上げると、パラパラと雪が落ちてきた。

「雪……」
　落ちてくる雪がどんどん量を増す。
　早く帰らないと……そう思いながら見上げると、3階の大きな窓にセンパイの姿が見えた……。
「センパイ！」
　私は急いで、センパイの家の前まで戻った。
　センパイ……。
　家にいるなんて……。
　どうして……。
　センパイは私に気づくと、ふいと背を向けた。
「センパ……」
　どうして……どうして……。
　涙が溢れた……。
　雪はどんどん強くなって、体が痛くなるほどの寒さなのに、私はその場から動けなくなっていた。
　一点を見つめ、呆然と立ち尽くす。
　こんなにも、こんなにも……センパイのあの背中が遠いなんて――。
　誰かを想って、こんなに涙が出るなんて初めてだった。
　前の私は、こんなじゃなかった……。
　何にも興味はなくて、人を好きになる気持ちも知らなかった……。
　こんなにも苦しくて辛いのなら、恋なんて知らないほうがよかった――。
　私は放課後、ある学校の前に立っていた。

まるで洋館のような佇まいのレンガ造りの校舎。
　真ん中には大きな鐘がぶら下がり、時計塔のようになっていた。
　この学校をこんな間近で見るのは初めてだった。
　次々に校舎から出てくる、生徒たちの美しさ。
　地元でも有名なお嬢様学校だ。
　有名なデザイナーが作ったという制服は、緑のロングワンピースにボレロ。
　胸元には鮮やかな赤の、大ぶりのリボンが揺れていた。
　私が着ても似合いそうにない制服だと思った。
　生徒たちが校舎を出て歩き始めて間もなく、美しさの際立つ１人の生徒が門を出てきた。
「あのっ！」
　私はその人へ駆け寄ると、声をかけた。
「あの……瀬戸優也センパイの彼女ですよね？」
　その言葉に驚いたような表情を見せた。
　だけど、すぐ私に笑顔を見せると「元ね」と言った。
「あなた……この間の学園祭に優也と一緒にいた子ね？」
「あ……来てたんですか？」
「ええ、優也が遊びに来ればって言ってくれてね」
「……」
　センパイが……。
　私の複雑な気持ちを察してか、彼女が私を見てクスッと笑った。

学校を出てからどれくらい歩いただろう。
　彼女と少し距離を空けて歩く。
　どこまで続くのか、延々と並ぶ街路樹の枝が、寒そうに揺れていた。
「今日は私に何か用でも？」
　上手く言葉が出ない私に、彼女が声をかけてきた。
「……はい。これを……」
　私は彼女に２つの指輪を見せた。
「指輪？　ペアリングね」
　指輪を手にすると、彼女は不思議そうに言った。
「これ……優也センパイがあなたにプレゼントするつもりで買ったものなんです」
「え？」
「……優也センパイ、きっとまだ、あなたのことが好きなんです」
「──だから私にどうしろと？」
　私の言葉に驚きの表情を見せた彼女だが、返ってきた言葉は、とても冷たく感じた。
「この指輪、受け取ってください」
　自分が何をしているのか、どうしてこんなことを言っているのか……。
　これが優也センパイのためになるなら……と思ってしまっていた。
「優也センパイ、ずっと学校に来ていなくて……。３年生だからもう自由登校なんだけど、生徒会長も辞めてしまっ

て……。全然顔も見せてくれなくて……」
　言葉を発する度に、胸が詰まるような感覚がする。
　涙が出そうになるのを、グッとこらえた。
「……あなた……」
　彼女は何かを言いかけ、うつむいた。
「私と優也がもう別れているのは知っているでしょ？」
「……はい」
「私、もう新しい彼がいるの」
「……はい、知ってます。でも、センパイにはあなたが必要なんです」
　彼女は私の手を取ると、手のひらに指輪を乗せた。
「そうかな？　あなた、学園祭の時とてもキレイだった。シンデレラみたいで。優也のエスコート、２人並んだ姿、素敵だった」
「……」
「優也はもう、私のことは好きじゃないよ」
　そう言いながら笑った。
「え……でも、センパイ……あなたからの連絡なら受けてくれそうな気がして……私の連絡にはまったく応えてくれないから……」
　私が顔を上げると、彼女はとても厳しい顔つきになっていた。
「――あなた……優也のこと何も知らないの？」
「え？」

第三章

冷たい風が吹く
鮮やかな2本のイチョウの黄葉
ハラハラと
木の葉が舞う
寒そうな木々の冬芽

『思い出にはしたくない──』

センパイの秘密

　あの雪の日から頻繁に雪は降り、寒さも増した気がする。
　卒業式までわずかだというのに、まだまだ目に見える景色は、冬一色だった。
　あれからも優也センパイとは会うことができず、メールや電話の返事もないまま……。
　優也センパイの元彼女に、どうしてあんなこと言ってしまったのか、今さら後悔する。
　彼女だって、私に言われたって、いい迷惑で……。
　このままセンパイに会えないなら、彼女とヨリを戻したからと、フラれてしまったほうが気持ちは楽だと思った。
　それも、自分勝手な考えだけど……。
　先輩と連絡が取れなくなって、どれくらいしてからだろう……。
　突然、優也センパイのお母さんが、うちに来た。
「ヒサー、優也くんのお母さんが見えたわよー」
　2階にいる私に、ママが叫ぶ。
　ドタドタとさんざ遊んだタローとヒゲジローは、暖かい部屋のベッドの上のブランケットにくるまってスヤスヤ眠っている。
　この寒さじゃ部屋から出たくなくなってしまう。
　私は渋々、部屋から出た。
　今日、優也センパイのお母さんが来ることは、数日前マ

マから聞いて知っていた。
 ママとセンパイのお母さんは、同じ学校の先輩と後輩で、仲がよかったらしいから、私と優也センパイが知り合いになったのを機に連絡を取り合ったのだろう。
 だから、今日のことも２人で話し合っていたんだろうな。
「まさかー本当に優也くんのお母さんが、優子先輩だったなんてー。こんなふうにまた会えるなんて、嬉しいです」
 ママはそう言いながら、センパイのお母さんに紅茶を出した。
「本当に。私もびっくりしたのよ。柏木緋沙さんて聞いて、まさか……って。優也ったら何も話さないもんだから」
 センパイのお母さん、すごくキレイで……。
 センパイはお母さん似なのかも……と思わせた。
「同じ学校っていうのは知ってたけど、優也くん３年生だし、生徒会長だし、うちの子と仲よくなってたなんて、もうびっくりで」
「……」
 仲がよほどよかったのか、ママの嬉しそうな笑顔が絶えず、楽しそうに話している。
 でも……センパイのお母さん、何しにうちへ来たんだろう……。
 私は無言のまま、ズズッとお茶を飲んだ。
 まさか、とは思うけど……。センパイの家に通いすぎて、「お宅の娘さん迷惑なんですよ！」とか言われるのかな。
 そんなこと考え始めたら、一気に体が汗ばんだ。

「優子先輩、今日はどうしたの？　何かヒサに話したいことがあるって言ってたけど……」
　えっ!?　私に!?
　それは初耳。
　やっぱり、「迷惑！」とか言われるのかな……。
「あ……ええ、そうなの……」
　センパイのお母さんはそう返事をすると、持っていたカップをテーブルに置いた。
「急にごめんなさいね。ヒサちゃんと話がしたいって……」
「いえー、そんなことないわよ。ねぇ、ヒサー」
「……はい」
　『ねぇ、ヒサ』じゃないよッ。
　なんの話か、こっちは気が気じゃないんだから……。
　ニコニコ笑っているママをにらみつける。
「学校が自由登校になってから、優也は学校に行かなくなってね。さらに生徒会も辞めて、いろいろ噂も流れているようで……」
「噂？」
　ママがすかさず口を挟む。
「……それを心配してヒサちゃんが、いつも家に優也に会いに来てくれるの」
「ヒサ！　あんた、そんな大胆なことしてるのー!?」
　興奮したように、肘で私をどつく。
「……」
　私は再びママをにらみつける。

「でも、いつもヒサちゃんに会わせてあげられなくて……。ごめんなさいね……」
「……いえ……」
「優也くん受験生だから、大変なのよー、ねぇヒサ」
　ママは黙ってて！と言うように、私はグイッとママのセーターを引っ張った。
　そして、1つ息を吐く。
「会いたく……会いたくないんでしょうか……。センパイは……私に……」
　そう言いながら、答えを聞くのが怖くてゴクッと息をのんだ。
「──そうね」
　その言葉を聞いた時、一瞬くらっと目の前が揺れた。
「優也……あの子はそう言ってるわね……」
「……」
「……」
　今まで楽しそうに話していたママも、言葉がなくなった。
　膝の上で重ねた手が、震える。

　少しの沈黙のあと、センパイのお母さんが口を開いた。
「あの子……アルツハイマーなの」
　え？
「若年性アルツハイマー病なの」
　センパイのお母さんの言葉に、隣に座るママの顔が、みるみる青くなっていくのがわかった。

「……アルツハイマー?」
 その言葉を聞いたことがあった。
 ママのお父さん……おじいちゃんが、アルツハイマーだった。
 もう何年も昔のこと……。
「そのうち、あの子はすべてを忘れてしまう……。学校のことも、友達のことも、家のことも、親である私たちのことも……」
 話を聞きながら、ママがうつむいた。
「ヒサちゃんのことも——」
「……」
 ママが涙を浮かべ、顔を手で覆った。
「……ママ……?」
「ごめんなさいね。辛いことを思い出させてしまって……」
 センパイのお母さんが、ママの肩にそっと手を置いた。
「いえ……いいんです……」
 ママが言葉を詰まらせる。
 そんなママの様子を見ても、私は言葉にならなかった。
 センパイのお母さんの話に、私はピンとこなくて……。
 忘れてしまうって、どういうこと……?
 センパイが、私を忘れる……?
「あの子が、ヒサちゃんに会えない……。会いたくないって言ってるの……」
「……」
 センパイが……。

冬の弱々しく柔らかい陽射しが、静かに降り注ぐ午後。
その場の空気だけがとても冷たく、止まってしまったように感じた。

その日は、とても静かな夜だった。
眠りにつけずリビングに下りると、パパとママがまだ起きていて、何か話しているようだった。
時々、夜中にトイレに起きて、喉の渇きを潤そうと１階に下りてリビングを見ると、楽しそうに話しながら笑っている２人を見る。
でも今日は違う……。
２人に笑顔は、ない。
きっとセンパイの話をしているのだろう……。
そう思うと、昼間のママの顔を思い出して声もかけられず、そのまま部屋へ戻った。

アルツハイマー病。
おじいちゃんが同じ病気だったと聞いたことがある。
毎日のように、おばあちゃんから電話がかかってきて、そのたびにママが急いでおじいちゃんの家に行っていたっけ……。
私はそのたび、叔母さんのところに預けられて……。
いつしか、おじいちゃんの家にも連れていってもらえなくなった……。
ママもその頃は仕事もしていたし、すごく疲れていて、

結局それが原因で仕事を辞め、とても大変だったってことだけは覚えている……。

私は部屋へ戻り、ベッドへ潜る。

両足元には、タローとヒゲジローがぐっすり眠っていた。

真っ暗な部屋に、スマホの灯りが光る。

私は、若年性アルツハイマー病について調べた。

【若年性アルツハイマー病】
若年性認知症。

アルツハイマー病の約95％は老人性のもので、若年性アルツハイマー病は、人口10万人あたりに20人ほどしかいない、非常に稀な病気だと言えます。

若年性アルツハイマー病は、高齢者アルツハイマーとは異なり、どちらかというと遺伝性の強い脳疾患であるといえます。

若年性アルツハイマー病は進行が早く、治療が遅れると短期間のうちに重症になりやすいため、早期発見が大変重要になります。

認知症は、いったん発症すると根治はできないと言われています。

「若年性認知症……」

アルツハイマーという言葉ではなく、認知症という最近テレビなどでも聞き慣れた言葉が心を大きく揺さぶった。

しかも……。

「……治らない……?」
　私はスマホをパタッとベッドへ伏せた。
「……」
　ドキン……ドキン……。
　続きを読むのが怖くなった……。
　時間を見ると、1時を回っていた。
　早く寝ないと、明日がキツイ……。
　そう思いながらも、またスマホに目をやった。

　最近は研究が進み、認知症の発症や進行を抑え根本的に治す薬の開発も進められ、ある程度進行を緩やかにする薬は登場しています。
　ただし、効果が期待できるのは早い段階で治療を始めた場合で、進行してからではあまり期待はできません。
　若年性アルツハイマー病は、頭痛やめまいのほか、抑うつ、不眠などの症状が見られるため、うつ病と間違われて発見が遅れることもあります。
　高齢者の場合は、ひどい物忘れなどがあると、周囲の人が認知症を疑うことが多いのですが、若い人では気づいてもらえないことがあります。
　症状は記憶障害や見当識障害。
　性格の変化など。

【若年性アルツハイマーの初期症状】
　●頭痛や、めまいなどが増えた。

●同じことを繰り返し話したり、たずねたりする。
●しまい忘れ、置きっぱなしにすることが多い。
●身近なものの名前や親しい人の名前が出てこない。
●2つのことを同時に行うと、1つを忘れてしまう。
●待ち合わせの場所や時間を忘れたり、通い慣れた道のはずなのに迷ったりしてしまう。
●重要だと思っていたはずの約束さえ、忘れる回数が増えた。
●財布を盗まれたなど、被害妄想がある。

「……」
　この初期症状の例を見ると、物忘れであったり、頭痛や不眠であったり、約束事を忘れたり、心当たりがあるものがいくつかあった。
　少しずつ少しずつ……センパイは病気の症状が出ていたのかもしれない……。
　頭痛も寝不足も、受験勉強のせいだって……病気だなんて、ちっとも思わなかった……。
　目をこする数が増え、眠くなってきたことに気づいた時には、少し開いたカーテンの隙間から朝日が覗いていた。

あなたと見る景色

「ねむ……」
　私は机に顔をうずめた。
　昼休みの教室。
　いつもいるはずの大森先生にお客様ということで、教室にはいない。
　それをいいことに、みんなはゲームをしたり、大声で話したり、大騒ぎだ。
　静かな図書室に行きたいけど、眠すぎて動けない……。
　机に伏せた頭が、どんどん机にのみ込まれていくような感覚。
　こんなダラけた姿を大森先生に見られたら、またうるさいことを言われて……。
　そんなふうに思いながらも、睡魔には勝てず、どんどん意識は遠のいていった。
「ヒサ！」
「奈々ちゃん……」
　その声のほうを、チラッと見る。
　体を起こす気力はない。
　いつものように、奈々ちゃんが大声で教室に入ってきた。
　何かとても焦っているようだ。
「ヒサ大変なの！」
「んー？」

「大変なの」
　今までの大声がウソのように、いきなり声が小さくなった。
　その様子に、私は体を起こした。
「……生徒会長……」
「え？」
「生徒会長……何か病気らしい……」
「え……」
　なんで……。
「そんな噂が流れてて……。だから学校にも来れないし、生徒会長も交代したんだって……」
　そんな噂が流れて……。
「ヒサ……」
「……」
　私はうつむいた。
「毎日、生徒会長の家に行ってたんだよね？　会えなかったって言ってたけど……」
「うん……」
「……今日も行くの？」
「……」
　私は答えられなかった。
　自分の病気のこと、それが理由でセンパイは私に会いたくないと言った……。
　それなのに、それを無視してセンパイに会いに行くなんて迷惑だよね……。

会いたいと思う気持ちは変わらない、どんどん大きくなるのに……。
　入院すればよくなるとか、治療すれば完治するとか、手術すれば治るとか……そういう病気ではない。
　少しずつでも、進行してしまう……。
　それは、わかっている……。

　そのあとも、私はセンパイの家には行くことができなかった。
"ただ会いたい"
　私のそんな思いだけで会えるわけはないと、思っていたから……。
　それなりの覚悟が必要だと、思っていたから。
　私は、若年性アルツハイマー病について調べた。
　図書館へ通い、隅から隅までネットでくまなく調べた。
　私のできる範囲で、調べ尽くした。
　初めは病気のことを知るのが怖かった。
　どんなものなのか、それを知るのが怖かった……。
　でも、このまま「そうですか」ってセンパイに会えないのは、もっと嫌だった。

　病名にある【若年】とは、主に40代〜50代の中高年層を対象としています。
　10代〜20代でアルツハイマー病の症状が確認された事例がまったくないわけではありませんが、このようなケース

は、ごく稀です。

　若くしてのアルツハイマー病は、ごく稀……。
　そんな病気にセンパイが……。
　どうしても信じることができなかった……。

　若年性認知症を引き起こす病気には、いろいろなものがありますが、「アルツハイマー病」もその１つです。
　アルツハイマー病になると、脳の中に「老人斑（ろうじんはん）」と呼ばれるものと「神経原線維変化（しんけいげんせんいへんか）」という糸くずのような塊（かたまり）ができ、この２つによって脳の神経細胞が破壊され脳が萎縮していってしまいます。
　しかしなぜそうなるのかは、まだ解明されていないのが現状です。

　解明されていない……。
　治しようがないってこと？
「……」
　アルツハイマー病というものを、知れば知るほど怖くなった……。
「ニャー」
　自分の部屋のイスに座る私の足元で、タローが鳴いた。
　そのあとをヒゲジローが追いかけてくる。
「タロー、ヒゲジロー」
　私は２匹を抱き上げた。

立ち上がると、窓の外に夕日が見えた。
この子たちを見ると、センパイを思い出す。
「センパイがいなかったら、おまえたちはここにいないんだよー。……お母さんに会いたい？」
2匹に話しかけると、まるで返事をするかのように、2匹そろって「ニャー」と鳴いた。
『……きっともう、覚えてないよ』
あの時のセンパイの言葉を思い出した。
『猫は仔猫をたくさん産むんだ。自分の子だと、すべて覚えてる猫はいないよ』
「……」
そんなことない……。
そんなことないよ、センパイ——。
急に涙が溢れた。
あの時の言葉は……。
自分のことを、重ねていたのかな……。
『……きっともう、覚えてないよ』
「……っ……」
涙が止まらなかった。
ねぇ……。
本当にみんな忘れてしまうの!?
この子たちのことも……。
サビ子のことも……。
指輪のことも……。
舞踏会の夜のことも……。

図書室から見える大イチョウ……。
　　２人で見た、あの景色のことも——。

　　ピンポーン。
「柏木です。柏木緋沙です」
《ヒサちゃん!?》
　私はセンパイの家の前に来ていた。
　インターホンを押すと、いつものようにセンパイのお母さんの声がした。
「はい」
　驚いたような声のあと、センパイのお母さんが急いで家から出てきた。
「ヒサちゃん、どうして……」
「……センパイに会わせてください」
「ヒサちゃん……」
「勉強したんです！　センパイの病気のこと。病気のこと知った上で来たんです！」
「……」
「それでも……センパイと一緒に……いたくて……」
　次から次へと涙は溢れ出て……。
「……」
　お母さんの目にも、涙が溢れていた。
　わかってる……。
「ヒサちゃん……」
　わかってる……。

「……センパイのこと……私が……支えたい……」
　それでも……。
「……センパ……イ……」
　会えないってことは——。

　家に帰って、どれくらい時間がたっただろう……。
　手も足もキンと冷たくなって、我に返った。
　暖房を入れると窓がすぐに曇り出す。
　外はどれだけ寒いんだろう……。
　はぁ……ため息をつき、膝を抱え丸くなった。
　泣きすぎて目が痛い。
　ものすごく疲れた……泣くってものすごく体力がいる気がする。
　コンコン。
「はい？」
　ノックの音に気づき、返事をすると……。
「パパだけど、ちょっと1階に下りてきてくれないか？」
「……うん」
　今は何時なんだろうと時計を見ると、まだ19時にもなっていなかった。
　パパがこんなに早く帰ってくるなんて……。
　1階に下りると、リビングのソファにパパは座って待っていた。
　テーブルを挟んで、私はパパの前に座った。
　ママが入れてくれた温かい紅茶のカップを手で覆うと、

さっきまで冷たかった手が一瞬にして温かくなる。
「ありがと」
　ママがソファに座り、３人が揃う。
　一瞬の無言。
　パパがお茶を一口飲むと、話し始めた。
「優也くんのことは、ママから聞いたよ」
「……」
「ヒサの気持ちもわかる。でも……優也くんの病気が大変なものだということを、ヒサもわからないとな」
「……わかってる」
　私はパパから目をそらした。
「さっき、優也くんのお母さんから電話があったのよ。また……優也くんに会いに行ったんでしょ？」
　ママが話し出した。
「……」
「この間、話を聞いたでしょ？　優也くんが『会いたくない』って言ってるって……」
「……」
　その言葉を聞いて、涙が落ちた。
「ヒサ……おじいちゃんがアルツハイマーで、ママがどれほど大変だったか覚えてないか？」
「……」
　言葉の出ない私を見て、パパが話し出す。
「ママだけじゃない、おばあちゃんもママのお兄さんも、家族みんなが大変だった。アルツハイマー病というのは、

１人じゃどうすることもできない病気なんだよ」
「わかってる！　たくさん、たくさん調べたもん！　どんな病気か全部調べて、それでセンパイに会いに行ったんだもん！」
「ヒサ！　お前は何もわかってない！　原因もわからなければ、進行していくばかりで、いつか治るというような病気じゃないんだ。いつかは自分のことさえ思い出せなくなってしまう病気なんだよ!?」
「わかってる！　それでも、私がセンパイを支えたいって思ったんだもん！」

　パン！
　突然、目の前が揺らいだ。
　頬がどんどん熱くなっていくのを感じた。
「わかったようなこと言ってんじゃないわよ！」
　ママが泣いていた……。
　私を叩いたママの手も、どんどん赤くなっていくのがわかった。
「どんな病気か全部調べたのならわかるでしょ!?　何もかも１人じゃできなくなってしまうのよ!?　１人でどこかへ行くことも、今何をしていたのかも、そばにいるのが誰なのかも。どんどん忘れていってしまう。老人のアルツハイマーとは違うの。あの若さですべてを忘れてしまった自分の姿を、優也くんはヒサに見せたいと思う!?」
「！」
「自分のことを好きだと言ってくれた人に、そんな姿を見

せたいと思う!?　どんな思いで、ヒサに会えない……ヒサに会いたくないと言ったのか！　優也くんの気持ちを考えなさい！」
「──っ……う……わあぁ……」
　センパイが好き……。
　センパイと一緒にいたい……。
　その想いだけでは、越えられない現実。
　センパイはすぐそこにいるのに……。
　会いたいと思えば、すぐ会える距離にいるのに……。
　もし、もっと早くセンパイと出逢っていたら……。
　もし、私がもっと大人だったら……。
　もし、一緒にいた時間がもっと長かったら……。
　もし……もし……そう何度も繰り返してしまう……。
　ただそばにいたいと……。
　同じ景色をずっと見ていきたいと……。
　そう、願うことさえも……。
　許されない──。

とけた魔法

「──生徒会長が……そんな……」

 私の話を聞いて、奈々ちゃんは驚きで言葉を失った。

 センパイが命に関わる病気だとか、とんでもない悪さをして退学になったとか、いろいろな噂が流れていたが、奈々ちゃんは「そんなことない!」と、いつも私を励ましてくれていた。

 そんな奈々ちゃんに、黙っていることはできなかった。

 夕焼けに照らされる2本の大イチョウ。

 図書室から見るこの景色も久しぶりだった。

「この景色を、また優也センパイと見たい」

「ヒサ……」

「ほら、願い事を口にすると叶うっていうでしょ」

 私は笑った。

 視線を窓の外に移すと、ポタリと涙が落ちた。

 センパイの名前を口にするだけで、涙が出てきてしまうよ……。

「ヒサ……」

 悲しいとか、苦しいとか、そんなことじゃない。

 ただ、ただ、センパイに会いたい。

 ただ、それだけなのに……。

「ヒサ……」

「……っ……」

奈々ちゃんが、私をギュッと抱きしめた。
「え……」
突然、奈々ちゃんの驚く声が聞こえた。
「え？」
奈々ちゃんの見つめる先を振り返ると、
「センパイ――」
そこに優也センパイが立っていた。
「あっ……あ、私、先に帰ってるね」
そう慌てるように言うと、奈々ちゃんは図書室から飛び出していった。
「……」
ドキン。
ドキン。
ドキン……。
ドキン……。
一歩一歩センパイが近づく。
センパイは私の横を通りすぎ、カタンと出窓に手をつくと、身を乗り出すように外を見た。
「久しぶりだな。ここからの景色も」
「……うん……」
手が震えた。
センパイ……何も変わらない。
ピンと背筋の伸びたその制服姿も、髪も、しぐさも、ひくい声も……。
何もかも……。

私のほうを見ると、センパイは微笑んだ。
「3年間、毎日通ってたこの場所なのに、ここからの景色のキレイさに気づくことはなかった。あんなに大きな2本の大イチョウの木。その美しさにも気づかなかった。全部ヒサが気づかせてくれたこと」
「……センパイ……」
　夕焼けに照らされたセンパイの横顔、とても懐かしく感じる。
　すべてが……。
　センパイのすべてが、愛おしく思える。
「ごめんな……ヒサ……」
「……」
　私は思いきり頭を振った。
　気づかれてはいけないと、震える手をギュッと握った。
　こんなにも、センパイと話すことが苦しくて緊張するなんて……。
「……今はまだ覚えているのにな。この図書室も、この景色も……ヒサのことも」
　そっと私を見つめた。
「……センパイ……」
　ドキン。
　ドキン。
　目が合っただけで、こんなにも胸が苦しくなる……。
「毎日のように家に来てくれてたんだよな。……病気だとわかっても……それでも……」

「……」
「この間、元カノから連絡が来たよ。ヒサ、会いに行ったんだって?」
「あ……」
「アイツ笑ってたよ。『センパイにはあなたが必要なんです』って言ってたって。すごく素直な子なのねって」
「……」
　私はあんなことを言いに行ったりして、恥ずかしくなってうつむいた。
「……このまま黙っておけないと思ったんだ。俺がアルツハイマー病だと言ったら、元カノは別れようって、離れていったんだよ。進路が原因じゃないんだ」
「そんなっ……」
「アイツはヒサと同じように若年性アルツハイマー病を調べたんだ。調べた上で、別れようって……。でも、当然だと思う」
　そう言うとセンパイは笑った。
「え?」
「今後、どうなっていくかわからない病気。進行はゆっくりかもしれない、でも治ることはない。それなのに、一緒にいたいとは言えない」
「……」
　センパイ……。
「だから……」
　言葉が止まるとセンパイはいつものように、ププッと

笑った。
「そんな病気だとわかっても俺に会いにくるなんて、ヒサの行動力には驚かされたよ」
「センパイ……」
「この間、元カノに会ったんだ」
　あ……あの時の……。
「新しい彼ができたって言ってた」
「……」
「正直ホッとしたんだ。俺のこと忘れてくれて」
「……」
　センパイ……そんなふうに思っていたなんて……。
「病気でなくても、人の記憶は薄れていくものだと思ってる。『好きだった』ということさえ、いつか忘れる。きっとヒサも、他の人を好きになれば、『こんなこともあったっけ』と思う時が来る」
「そんなことない！」
　やめて……。
「私はっ……私はセンパイを忘れたりしない！」
　そんなふうに思わないで……。
「……」
　センパイの唇に、ギュッと力が入ったように見えた。
　その瞬間、グイッと腕を引かれ、
「センパイ……」
　センパイに力強く抱きしめられた。
「……」

そっとセンパイの背中に手を回した。
「……」
　少し痩せた気がする……。
　それでも、何も変わらない。
　センパイの体温を感じるのに……。
　こんなに、温かいのに……。
　センパイはここにいるのに……。
「……ダメなんだよ、ヒサ……」
　センパイの腕に力が増した。
「だんだんと薄れていく記憶。愛した人さえもわからなくなる恐怖……」
　センパイの声が震えていた。
「一緒には、いられないんだ……」
「センパイ……っ……」
　そんなこと言わないで――。
　すっ……と、センパイが私から離れた。
　そして私に手を差し出す。
「あの指輪……」
「え？」
「……あの指輪、返して」
　えっ……？
　その言葉を聞いて、一歩二歩とあとずさりする。
「……いや……」
「ヒサ……」
　私は思いきり首を横に振った。

「イヤ！」
「ヒサ！」
　グッと、センパイが私の腕を力強く掴んだ。
「——どうして……」
　涙がどんどん流れる。
　センパイを見上げると、さっきまでの優しい顔はなくなっていた。
「……イヤ……返さない……。どうして!?　ただ持ってることさえいけないの!?」
「ヒサ！」
　センパイの大きな声が、図書室に響いた。
「……っ……」
　私はポケットから、指輪の入ったポーチを取り出した。
　震える手をセンパイに差し出すと、センパイの手の中で２つの指輪が、チャリンと鳴った。
　センパイはその指輪を握りしめると、そのまま図書室を出ていった。

「……うっ……」
　力が抜け、床に座り込む。
「……うわ……っ……」
　私は泣き崩れた。
　センパイ……。
　あの指輪が、センパイと出逢わせてくれたと思っていた。
　大切で、大切で……。

本当はわかっているの……。
　センパイの言葉も、パパやママの言葉も、
「これ以上想い続けないで」
　そう言われているようで……。
　でも……。
　センパイをずっと好きでいたい。
　何があっても。
　たとえセンパイが私を忘れてしまっても。
　センパイを一生忘れたくない。
　そう、指輪に誓っていたのに……。
　センパイと出逢えた夢のような奇跡。
　それなのに……
　それはまるで……。
　すべての魔法がとけてしまったように思えた──。

動き出した悪魔

　暦の上では春だというのに、校庭の２本の大イチョウはまだ寒そうにしている。
　葉のない枝の間からは、淡い陽射しが漏れる。
「もうすぐ卒業式だから、忙しくて」
「そうだね……卒業式だね」
　生徒会の奈々ちゃんは卒業式の準備で、最近はいつもバタバタしている。
　生徒会室を出入りするたび、図書室にいる私に、何気ない言葉をかけてくれる。
「……生徒会長……優也先輩、時々、生徒会の様子を見に来てくれてるんだよ」
「……うん」
　あの日のこと……指輪のこと……奈々ちゃんに話せなかった。
　私は完璧に、センパイにフラれちゃったんだ……。
「今日も優也先輩、来てくれるらしいよ」
「……うん」
　私は返事をすると、外へ目をやった。
「ヒサ……」
　想いは届いているはずなのに……。
　諦めなければ、いけない人。
　近くにいるのに、そばにいることさえも許されない人。

『一緒には、いられないんだ……』
センパイの言葉を思い出す。
わかってる。
わかってるのに……。
どうしても受け止められない。
頭と心が追いついていかない……。
だって……。
センパイは何も変わっていないのに……。
バタン！
バタバタ……。
「えー？　どこ？」
「わかんないー、職員室に行って聞いてー」
突然、生徒会室がバタバタと慌ただしくなった。
生徒たちが、何度も出入りしている。
「なんだろ？　騒がしいね」
そう言いながら奈々ちゃんが廊下を見に行った。
「あ、先輩どうしたんですか？　なんだかみんな、慌ただしい様子で……」
生徒会室から出てきた生徒に、奈々ちゃんは声をかけた。
私も気になって、廊下へ向かう。
「生徒会長が……」
ドクン……。
その言葉に、胸が大きく鳴った。
「今、生徒会長が学校へ向かってる途中で、事故にあったって！」

「生徒会長って!?　優也先輩!?」
　呆然とする私を見て、奈々ちゃんがその人へ聞き返した。
「あぁ。いくらたっても学校に来ないって、気になった先生が家に電話したらしいんだ。そうしたら、ずいぶん前に家を出たって……」
「……」
「生徒会長、スマホも忘れてたみたいで連絡もつかなくて、先生たちが探しに出たら、誰か事故にあったって……。それが、生徒会長だったらしくて……」
「——どこ……」
「ヒサ!?」
「センパイはどこ!?」
「中央(ちゅうおう)病院に運ばれたって……」
　私は図書室を飛び出した。
「ヒサ!」
　私は上履きのまま、何も持たず学校を飛び出した。
　中央病院は歩いていける距離にある。

　病院についた時、学校の先生が数人、診察室の前に立っていた。
　見ると、センパイの家族はまだ来ていないようだった。
　私は息を切らし、先生へ近づく。
「柏木!」
　私の姿に先生が驚いた。
「センパイ……優也センパイは……」

「瀬戸は大丈夫だよ。意識もあるし、しっかり話もできる」
　先生はそう笑いながら、私の肩にポンと手を置いた。
「よかった……」
　私は顔を手で覆った。
　ホッとして涙が溢れた。
　病院のすぐ近くで事故にあったと聞いた。
　センパイの家から学校までそんなに距離はないはず。
　センパイの家と学校の中間地点に、中央病院はあった。
　センパイはすぐそこまで、来ていたんだよね……。
　目の前の診察室のドアが開き、看護師さんが出てきた。
　その奥に、センパイの姿がチラッと見えた。
「センパイ！」
　私は思わず叫び、ドアに手をやった。
「柏木！」
　後ろにいた先生が、私の肩を掴んだ。
「まだ、行くな」
「どうして……」
　センパイの元気そうな顔が見えたのに……。
　センパイに会いたい……。
　私は先生の手を払い、診察室のドアを開けた。
「柏木！」
　私を止める、先生の声が背後で響いた。
「センパイ！　優也センパイ！」
　医師の前に座っていたセンパイが、私のほうを見た。
「……センパイ……」

頭に包帯が巻かれ、顔にいくつもの傷が見えた。
その痛々しい姿に、また震えた。
でも……センパイはこうやって生きている……。
しっかり意識もある……。
よかった……。本当によかった……。
「センパイ……」
　私は一歩一歩近づいた。
　無表情ながらも、じっと私を見つめるセンパイ。
　医師にうながされ、看護師さんが私に話しかける。
「……ごめんなさい、まだ治療中だから」
「あ……」
　背中を押され、診察室のドアが開けられる瞬間……。

「誰？」

　私の背後で声がした。
「え？」
　私はセンパイへ振り返った。
　センパイは私をじっと見つめ、
「誰？」
　そう言った。

　診察室から出ると、センパイの両親が駆けつけ、先生たちと話しているところだった。
「ヒサちゃん！」

私の姿を見つけ、センパイのお母さんが駆け寄ってきた。
「ヒサちゃん……」
「……」
　私は言葉が出なかった。
「瀬戸さん、中へどうぞ」
　看護師さんに呼ばれ、ご両親が中へ入っていった。
　ドアが閉まる瞬間、見えたセンパイの顔。
　一点を真っ直ぐ見つめるその横顔が……。
　切なかった……。

「……柏木、先生たち学校に戻るけど、お前はどうする？」
「……」
　先生がポンと私の肩に手を乗せた。
　私は何も言えなかった。
『誰？』
　あの言葉。
　センパイの表情が、何度も頭の中をグルグル回った。
　何がなんだかわからなくて……。
　言葉も涙も、何も出なくて……。
　私は、呆然と立ち尽くすことしかできなかった。

「ヒサちゃん！」
　診察室のドアが開き、ご両親が出てくると、お母さんが私に声をかけてきた。
　その後ろから、お父さんに押され、車イスに座ったセン

パイが出てきた。
「……センパイ……」
　お父さんは私に弱々しい笑顔を浮かべると、無言のまま先輩を病室があるほうへ連れていった。
　すると、お母さんがゆっくりと口を開いた。
「車とぶつかって、頭を打ったらしくてね……。２、３日、検査入院することになったの」
「……」
「意識はしっかりあるんだけど……」
　私はその言葉に、うつむいた。
「最近は調子よくてね、卒業式に出たいって言ってたんだけど……。今日も生徒会に顔を出しに行くって、元気に出ていったんだけどね……」
「……」
「優也が学校についてないって連絡があったのは、家を出た２時間以上もあとで……」
「……」
　２時間……。
　お母さんはハンカチを口に当てると、グッと言葉を詰まらせた。
「あの子、学校までの道がわからなくなってしまったのかもしれない……。私が優也を１人で行かせてしまったから、こんなことに……」
「……おばさん……」
　お母さんの言葉に、手が震えた。

家から学校までの道を、センパイは２時間以上もさまよって……。
　どんなに不安だったか……。
　どんなに怖かったか……。
　きっと家族はこんなことをずっと感じていかなければいけない……。
　病気が進めば、センパイを１人にすることもできない。
　いつも不安で、いつも心配で……。
　常にその人のことを考えていかなければいけない。
　どんなに大変なことか……。
『誰？』
　私を見てそう言ったセンパイの顔。
　思い出しただけで、胸が張り裂けそうになった。
「ヒサちゃん、飛んで来てくれたのね」
　お母さんが、上履きのままの私を見て言った。
「こんなに想われて、優也もどんなに幸せか……」
「……」
「あの子、言ってたの。ヒサちゃんに出逢わなければ、この１年、学校にも行かなかっただろうって」
「え？」
　お母さんは、廊下にあるソファに座った。
　私もそっと隣に腰をかける。
「あの子にも夢があって」
「夢？」
「そうなの。獣医になりたいって言ってたわね。家には猫

が6匹いるの」
「え!?　そんなに……」
　家族みんな猫好きだって言っていたけど、そんなにいるなんて……。
「この間1匹増えたけどね」
　そういうと、クスッと笑った。
　サビ子のことだ……。
「あの子は昔からそうなのよ。外の猫が心配だ、かわいそうだって、連れて帰ってきちゃうの」
　センパイ……。
「今、医療も日に日に進歩して、人間の病気は治せないものはないと言えるほどにまでなってきているのに、野良犬や野良猫はとても寿命が短い」
　以前、猫おばさんが話してくれたことだ。
「人間の手を借りなければ生きていけない動物のために、何かしたい。そういう動物のための、専門の獣医になりたいって、ずっと言ってたの」
「……だからセンパイ、猫のこと詳しかったんですね……」
「そうね。でも病気のことを知った時、まさか自分がこんな病気になるなんてって、ふさぎ込んで……」
「……」
「でも、ヒサちゃんと出逢って、あの子はずいぶん変わったわ」
「……」
「生徒会長として、今年の学園祭はいい仕事ができたって

喜んで……」
「……」
「ヒサちゃんと出逢って……ヒサちゃんにこんなに想われて……。あの子は幸せだと思うわ」
「……っ……」
「……でもきっと、あの子は自分のことより、ヒサちゃんの幸せを願うはずだから……」

　お母さんはそう言って笑うと、ソファから立ち上がり、長い廊下を歩いていった。

「……」
　私の幸せを願う……？
　遠まわしに、『優也を忘れて』。
　そう言われているようで……。
　アルツハイマー病。
　言葉ではわかっていても、理解できなかった……。
　ううん……受け止められなかった。
　信じたくなかった……。
『誰？』
　あの言葉を思い出すだけで、体が震えるような感覚がよみがえる。
　いつか忘れてしまう。
　すべてのことを。
「はぁ……」
　私は大きくため息をつき、顔を手で覆った。

私のことを思い出せないセンパイを見て、若年性アルツハイマー病というのが本当なんだと……。
　これが現実なんだと……思い知らされた——。
　目の前の診察室の扉が開くと、さっきセンパイの目の前に座っていた医師が出てきた。
　私に気づいて軽く頭を下げると、そのまま通りすぎていった。
「……あの！」
　私は立ち上がり、その医師に声をかけた。
「あの……センパイは……瀬戸さんは……」
「君は？　あぁ、さっきの……」
　私が診察室に飛び込んだ時のことを思い出したのか、先生の目が細まった。
「センパイは大丈夫なんですか？　……先輩の病気は……」
「……」
　先生は、何かを考えるように少しの間、黙っていた。
「……近親者の方以外には、詳しく話せないんだけど……。君のことは先ほど瀬戸くんのご両親から話は伺っているから……」
「……」
「……今の瀬戸くんの記憶障害は、車に接触した時の突発性のもので、一時的なものと思われます」
　私を真っ直ぐ見つめ、先生は話し出した。
「若年性アルツハイマー病は、交通事故や転ぶなど、頭部に強い衝撃を受けたことが原因でなることもあります」

事故の後遺症……。
　そんなことでアルツハイマーになってしまうの？
「センパイは……センパイは大丈夫なんですか!?」
「この事故で何か……という心配はないでしょう。瀬戸くんの病気は遺伝のもので、家族性アルツハイマーという、きわめて稀なものです」
「家族性アルツハイマー……」
　初めて聞く言葉だった。
「今回のことで、このままずっと記憶障害が続くということはないですが、若年性アルツハイマーの場合、早いスピードで進行していくと思われます」
「……」
　早いスピード……。
「瀬戸くんのような10代での発症は、きわめて稀で、そして進行も若ければ若いほど早いと……」
「……」
　私はうつむいた。
　きっと誰よりも、医師からの言葉が重い……。
　これが本当なんだと……。
　現実なんだと……。
「……先生……アルツハイマー病について、もっと詳しく教えてもらえませんか？」

そばにいるのに

　遠距離で会えないわけじゃない。
　死がきっかけで、離ればなれになるわけじゃない。
　好きな人はそばにいるのに、会えない現実。
　ここに存在するのに、どんどん記憶はなくなり、大切な人たちも、愛する人たちも、目に見えているものも、大切な思い出も、みんな、わからなくなってしまう。
　自分の頭の中から、すべてがなくなっていく……。
　どんなに怖いことか……。
　どんなに辛いことか……。

「はい、ヒサ」
　奈々ちゃんが私にコーヒーを差し出した。
「ありがとう」
　カップから昇る湯気が、とても温かく見える。
　一口飲むと、お腹の中から一気に体が温まる気がした。
「最近また、図書室にこもりっきりだね」
「うん……」
　奈々ちゃんは机に広げられた本を手に取った。
「若年性認知症……本当の若年性アルツハイマー病……。ヒサ、これ……」
「うん、いろいろと勉強してるんだ」
「あ、いたいた、柏木さん！」

呼ばれたほうを見ると、そこに大森先生が立っていた。
「げっ、なんで大森……」
「ぷっ……」
　美しいはずの奈々ちゃんの顔が、一瞬にして嫌そうに歪(ゆが)んだ。
　それがおかしくて、笑っちゃう。
「柏木さん、これ、この間、言ってた資料ね。それと、この本なかなか詳しく書いてあるから読んでみて」
「ありがとうございます」
　束になった資料と、数冊の本を受け取った。
「今度、知り合いの教授がお話を聞いてくれるかもしれないから、予定がわかったら、また知らせるわね」
「はい、ありがとうございます」
　そう返事をすると、大森先生はにこやかに手を振って図書室を出ていった。
「ちょっとヒサ！　なになに!?　あの大森先生の態度っ！」
「ぷっ……」
　奈々ちゃんの驚く姿が、また笑える。
「何、資料って!?」
　そう言いながら、資料の束を手に取った。
「……ヒサ、これ……」
「……うん、認知症の資料。大森先生にも話して、協力してもらってるんだ」
「ウソ……あの大森先生に!?」
「うん、そうなの。ほら、前に言ってたじゃない。大森先生っ

てちょっと変わった人だけど、教育熱心だって」
「ああ、うん。それが裏目に出ちゃってるけどねー」
　奈々ちゃんはそう言いながら、嫌そうに目を細めた。
「アルツハイマーという認知症のことを勉強していきたいって言ったら、いろいろ相談に乗ってくれてね」
「へー。あの大森先生が!?　なんかすぐ嫌味を言いそうだけどー」
「それがね、そんなことなかったんだ。私も『柏木さんになんて無理』って言われるかと思ったけど、そんなこと一言も言わず、いろいろ力を貸してくれて。しかも、案外顔も広くて。認知症の権威の先生とも知り合いなんだって」
「へぇー大森先生ってすごいんだー」
　奈々ちゃんは腕を組み、「信じらんない」といった様子で、しみじみと何度も頷いた。
「……」
　私は外へ目を向けた。
　いつも見ていた２本の大イチョウ。
　ここからの景色を見るたび、センパイを思い出す。
　あれからセンパイはどうなったのか……。
　誰も私に教えてくれる人はいない。
　センパイのこと、きっと生徒会にいる奈々ちゃんの耳には、何かしらのことは入ってきているよね……。
　たぶん、あえて私に教えないようにしているのかもしれない。
　その気持ちも今なら理解できる。

なぜか、あれから私は冷静で……。

私が認知症の勉強を始めたと知った時の、パパとママの困った顔は忘れない。

家族が認知症になった時の苦労や大変さ、その思いを知っている2人だからこそなんだと思う。

親として1人娘の将来を心配する気持ち、ママは自分が経験した大変な思いを、娘にさせたくないという気持ち。いろいろな思いが入り交じって……。

今なら、そんな両親の気持ちがわかる。

あの時の私は、そんな両親の気持ちもわからずに、ただ自分の気持ちばかりが大切で、何も考えられず……。

センパイの思いもわからず……。

ただ好きという自分の思いだけでは、どうにもならないという現実を知った。

今は、すべてが見える気がする。

センパイを蝕むアルツハイマーという病気を恨むのではなく、怖がるのではなく、向き合いたい。

その病気になった人の家族や友人、恋人、その人たちの気持ちを理解できる人になりたい——。

そんな私の思いを、両親も今は理解してくれている。

「ヒサ、もうすぐ3年生は卒業式だね。なんだか、あっという間の1年だった」

「……うん、そうだね」

あっという間の1年……。

私には、大切な、大切な……。

長い……。
 とても色濃い充実した、1年……。
「ヒサ、あんまり無理しないでよー」
「うん、ありがと」
 目の前に広がるオレンジが、夜の青にのまれていく。
 そろそろ夕日が沈む――。

第四章

暖かい陽にさそわれ
冬芽を伸ばす
春を待ちこがれ
若葉をつける
2本の大イチョウ

『永遠を知ったあの日――』

永遠よりも長く

「——さん！ 柏木さん！ ちょっと柏木さん、起きなさい！」
「んーーーー……」
　体を思いきり揺すられ、目を覚ます。
「柏木さん、大丈夫!?」
「……あ……大森先生……?」
　目の前に身を乗り出すように、大森先生が立っていた。
「急がないと！ 卒業式が始まるわよ」
「卒業式!?」
　ガタン！
　私は慌てて立ち上がった。
　その拍子に、机にあった本がドサドサと重い音を立てて落ちた。
「あー！」
　いつもの図書室。
　もーあれだけ寝ないようにって思っていたのに、なんで寝ちゃったんだろうー。
　落とした本を急いで拾い上げた。
「相変わらずねー。卒業式のこんな日にまで勉強だなんて……。柏木さん、ちょっと根を詰めすぎじゃない？」
　大森先生はそう言いながら、拾った本を私に手渡した。
「あ……ありがとうございます」

私は本を見つめ、うつむいた。
「……もっと頭がよければ、自分にもっと力があれば……。私にはまだまだ知識も常識もなさすぎて、これくらい無理しないと私はダメなんです」
　本当は……この卒業式という3年生の最後の日を迎えることが怖かった……。
　1年しか優也センパイと過ごせなかった、この学校。
　これから先、私だけがセンパイの思い出を抱えたまま、この学校で過ごしていくのかと考えたら胸が痛くなった。
　そんな思いを紛らわしたくて、今日は無理に本を開いていた。
　医学はどんどん進歩している。
　いつか、この認知症という病気を治せる時が来るかもしれない。
　でも今はまだ、家族や私のような思いをする人たちのケアも必要で……。
　そんな人たちを助けたい――。
　センパイが望んだ夢"獣医"とは違うけれど、センパイの動物たちへ向けた優しさを、私は忘れずにいたい。
　そんな優しさを持った人を、病で苦しめることを、いつかなくしたい。

　私と大森先生は、卒業式が行われる講堂へ急いだ。
　次から次へと、講堂へ生徒たちが入っていく。
　その波にのまれながら、自分のクラスの場所を探す。

「ん……?」
　その時、自分の指の違和感に気づいた。
　慌てていて、今まで気づかなかった。
　見ると、自分の左手の薬指に……あの指輪が——。
　ドキン。
　私は急いで自分の指を隠した。
　まさか……。まさか、あの指輪が……。
　間違えるはずはない。
　あのペアリング……。
　あの指輪が、今、私の指に……。
　ドキ。
　ドキ。
　ドキ。
　どうして!?
　頭がパニックになっている。
　一度速くなった鼓動は、どんどん速さを増すように大きな音を立てた。
　この指輪はセンパイに返したはず……。
　でも今、私の指にあるのは1つだけ——。
　式はどんどん進んでいくのに、私の頭の中は指輪のことでいっぱいで、パンクしそうで集中できない。
　なんだか、目の前がクラクラする。
　いつまでたってもドキドキは止まらず、まるであの時のような——。
　入学式の時と同じ……。

「卒業生、答辞」
　そのアナウンスが響くと、講堂内はざわめき出した。
　壇上のカーテンの奥から出てきたのは——。
「……センパ……イ……」
　学生服姿の優也センパイだった。
「生徒会長だ！」
「ウソっ！　瀬戸先輩!?」
「先輩が来るなんて……」
「だって先輩、病気って……」
　生徒たちのざわめきが大きくなっていく。
「……」
　センパイ……。
「……先生方、在校生のみなさん、私たちのためにこのような素晴らしい式典を催していただき、ありがとうございました」
　マイクへ向かうセンパイの声。
　堂々としたセンパイの言葉。
　その声を聞いて、体は震え、涙が溢れた。
　何も……何も、変わらない……。
　以前のままの姿がそこにあった。
　センパイの話が進められていく。
　見ると、保護者や生徒の中にも泣いている人が見える。
「本日ご列席のみなさまの、ご健勝と、ご活躍を心からお祈りし、お礼の言葉といたします。ありがとうございました。卒業生代表、瀬戸優也」

センパイの言葉が締めくくられた。
『瀬戸優也』
　センパイの声で、センパイの名前を聞く……。
　こんなことが……こんなにも嬉しい……。
　センパイは真っ直ぐ前を見つめた。
　このまま、センパイのもとへ走っていきたい……。
　センパイに触れたい……。
　こんなにも……。こんなにも好きなのに……。
　私はセンパイの姿から、目を離せずにいた。
「僕が病気だということは、きっとみんなの耳にも入っていることと思います」
　センパイが再び話し始め、講堂内はまたざわめきだった。
　見ると、先生たちはセンパイを止めるどころか、何事もなかったように無言のまま座って話を聞いている。
「若年性アルツハイマー病という認知症です」
　センパイの病名を知らなかった、生徒や保護者からのざわめきが大きくなった。
「アルツハイマー、認知症という病名を聞いたことはあると思います。ただ、その病気について詳しく知らない人は多い……。簡単に言ってしまえば……」
　そう言いかけ、センパイは言葉をのみ込んだ。
「すべてを忘れてしまう。自分の記憶がなくなってしまうのです。今までの思い出も、感情も……。両親や家族、友人……すべてを忘れてしまう。何もかも思い出せなくなってしまうのです。」

「……」
　——センパイ……。
　私はセンパイの話を聞くのが怖くなった……。
　この場から逃げ出してしまいたい……そう思った……。
「でも、僕にはまだまだやりたいことも、叶えたい夢もあります。親孝行なんて一切してこなかった。むしろ、これからもっと親に苦労をかけてしまう。でも、幸せだった」
　遠くに見えるセンパイの両親が、涙をぬぐっているのが見えた。
「今、生きていることが幸せで……。自分の存在さえ、いつか忘れてしまうかもしれない。それでも、生きていられることが幸せだと、今は思えます」
　優也センパイの言葉に、生徒や先生、会場にいる多くの人が涙をぬぐっていた。静かな講堂内に、みんなのすすり泣く声が響いていた。
「両親、友人、先生、いろいろな人に自分は恵まれたと思う。まだ10代だから……とか、そんなふうに思わず、みんな1日1日を大切に過ごしてほしい」
　ざわめいていた講堂は静まり返り、みんなセンパイの話に聞き入っていた。
　そして、センパイの話に、みんなが涙を流していた。
「……いつかこうやって話すこともできなくなるかもしれない。自分に記憶がなくなってしまう前に、これが最初で最後の、愛の言葉……」
　そう言うと、センパイは思いきり笑った。

「誰よりも僕を愛してくれた君へ」
　センパイは真っ直ぐ私を見た。
「君への永遠の"想い"を、みんなの前で誓うよ」
　涙が止まらなかった。
　目の前は涙でにじんで、見つめるセンパイの顔さえも揺らめいていた。
　去っていく後ろ姿。
　このまま追いかけたい……。
　あなたに会いたい。
　あなたの声が聞きたい。
　あなたと話がしたい。
　あなたと笑い合いたい。
　あなたのそばにいたい。
　あなたに触れたい。
　あなたと……あなたと……。
　願いはたくさん、たくさん増えて。
　数えきれないくらい、たくさんあって。
　いつか、あなたに抱きしめられる日を夢見て。
　いつか、その胸の中で眠りにつける日を夢見て……。
『永遠の想いを誓うよ』
　たとえ、センパイが私を忘れてしまっても、私は永遠よりももっと長く……。
　いつまでも、いつまでも……センパイを忘れないから。

「センパイ……。さよなら……」

いつかその胸の中で

　ポカポカ暖かい春の午後。
　図書室から見える、2本の大イチョウ。
　まだ小さい葉が、ゆらゆら揺れる。
　風に運ばれた桜の花びらと、一緒に揺れる。
　あの異例の卒業式が終わり、生徒会の奈々ちゃんは今、入学式の準備でバタバタしていた。
　その姿を横目で見ながら、私は相変わらずこの図書室にいる。
　図書室の本棚に囲まれ、ちょっと奥まった個室のようになった場所。
　ここが、あの人の場所だった。
　それが今は、私の場所。
「もーヒサは、のんびり外なんか眺めちゃってー。あー、一口ちょうだーい」
　奈々ちゃんはそう言いながら、はぁ……と息をつくと、ペットボトルのお茶を手に取り、ゴクゴクと飲んだ。
「お疲れだねー」
　私は奈々ちゃんの様子を見て、クスッと笑いながら声をかけた。
「なんだかー、今年は新入生の数を間違えたらしくて、入学式のしおりの数が全然足りないって、増刷よ増刷〜。他に増える物も多いし、手が回らないのー。そういえば、今

年の受験の倍率、過去最高だったみたいね」
「みたいだねー。でも、なんでだろう？」
「……」
「え？」
　奈々ちゃんの顔が一瞬、真顔になった。
「ヒサが考えた学園祭のせいでしょーがー！」
「えー!?」
「もー、優也先輩のもくろみどおりよー。あの舞踏会に来ていた人がとてもよかったって感動して、自分の子どもをこの学校に入学させたいって人がかなりいたらしいの！」
「へー」
「この学校に入りたいって学生も多くて、しかも、学園祭の企画に参加したいって子が多いらしいよ」
　奈々ちゃんは疲れたように、ドサッとイスに座った。
「へー」
「へーへーって！　他人事すぎー。ヒサが企画発案者じゃないのー」
「……そうだけどー、私なんにもしてないしなぁ」
　企画発案者……か。
　あの舞踏会が、今では夢のように思える。
「たしかに、こう忙しいと生徒会軍団も大変だよねー」
　私はヘラヘラと笑いながら、奈々ちゃんへ言った。
「……」
「え？」
　再び奈々ちゃんの顔が真顔になった。

「その生徒会軍団って、やめてよねー」
「あ、ごめん、ついクセで……」
「もー」
　苦手だった生徒会。
　なんだか怖くて、私には近寄るのも"おそれ多い"って思っていたっけ。
　それも今では懐かしい……。
「まったくさー、『たちまち人気校』って先生たちもホクホクらしいよー。本当にこんなことを実現しちゃうなんて、優也先輩って、改めてすごい人だね……」
　奈々ちゃんがしみじみと言った。
「すごくなくて、スミマセーン」
「うぇっ」
　びっくりした奈々ちゃんの後ろに、副会長……現、生徒会長が立っていた。
「田辺！　休んでるヒマはない！」
「はいっ！」
　奈々ちゃんは急いで立ち上がる。
「ぷっ……」
　2人のやりとりに笑ってしまう。
　「じゃあね」と私に手を振ると、奈々ちゃんは急いで生徒会室に戻っていった。
　後ろを向いた奈々ちゃんの髪が、ふわっと風に揺れた。
「……」
　出会った時はベリーショートだったのに、ずいぶん髪が

伸びてるなぁ……。
 それだけ、月日を過ごしてきたってことだよね。
 それでも1年……この学校に入学して1年しかたっていないなんて……。
 私は図書室の窓をさらに開けた。
 柔らかい風が図書室に吹き込み、大イチョウの葉がふわりと揺れる。
 私がこの図書室に来なければ、センパイにも再会できなかった。
 卒業式が終わってすぐ、優也センパイとご両親は、自然の多い街へ越したと聞いた。
 その後のことは、わからない。
 遠い大学を受験するって、詳しく教えてくれなかったのは、越すことがもうわかっていたからなのかな……。
 センパイの住む街にも、イチョウの木、あるかな……。
 私は窓辺に頬杖をつき、大イチョウを見つめた。
 センパイに会いたいと思う気持ちは、今も募る……。
『1年D組、柏木緋沙さん。職員室まで来てください』
 突然のアナウンスに、体がビクッとなる。
 この声……。
「もー、大森先生……」
 最近、呼び出しが多い……。
 このアナウンス、心臓によくないんだよなぁ。
 図書室と職員室は近いんだから、先生が来てくれればいいのにな……。

ブツブツ言いながら、職員室へ向かう。
　コンコンとノックをし、職員室へ入ると先生たちの視線が一気に集まった。
「失礼しまーす」
　やっぱり慣れないこの雰囲気……。
「あー柏木さん、こっちこっちー。急に呼び出してごめんなさいねー」
「いえ……」
　大森先生は大きく手を振り私を呼ぶと、忙しそうに何かコピーをとっていた。
　入学式の準備かな。
「これ、この間言ってた、大学のパンフレット」
「あぁ！　ありがとうございます！」
「でも……この学科はどこも大変よ？」
「……わかってます」
「ご両親ともしっかり話し合ってね」
「はい」
　私はこの高校を、ヒーヒー言いながら、しかも嫌々受験をして……。
　それを知っているから、私が進路の話をした時、両親はすごく驚いていた。
　今では大森先生も、すごく親身になって教えてくれるようになったとはいえ、あの時の私を知っていれば、誰でも無理じゃないか？　と思って当然だ。
「ただいまー」

「あ、ヒサおかえりー」
　キッチンからママの声が聞こえた。
　着替えを済ませリビングに降りると、「ミャー」と、タローとヒゲジローが走り寄ってくる。
　2匹を両脇に抱え、抱きしめる。
「ただいまー待ってたのー？」
　チュッチュッと2匹にキスをする。
「おやつくれって」
「……」
　幸せなひと時に浸っていたのに……。
　ママのさらっと言う夢のない言葉に、ちっと舌打ちしてしまいたくなる。
　まるで私より猫たちのことわかっているような、そんな口ぶりも気に障る。
「ママーそのパンフレット、パパと見といてー」
　タローとヒゲジローにおやつをあげながら、テーブルに置いたパンフレットに目をやった。
　ママはパンフレットを手に取ると……、
「ヒサ……無理しないでよー」
　心配そうに言った。
　高校受験の時は、そんなこと言わなかったくせにー。
　むしろ自分たちの母校だからと、入れ入れ、勉強しろしろってうるさかったくらいなのに……。
「パパも言ってたわよ、ヒサの気持ちもわかるけど、無理してレベルの高い大学に行かなくてもって……」

「んーわかってる。でも、そうしないとダメなんだ」
　私の夢には届かない。
　きっと高校受験の時そう言われていたら、すぐやめていたと思う。
　私はそんな性格だった。
　いたって普通で、目立つことが嫌いで、冒険することも、頑張ることも嫌いで……。
　それが今、先生、パパやママにさえ「無理しないで」なんて止められるまでになっているんだから……。
　自分で自分を別人のように思う。
　自分の目指す道が見えて、いろいろな人に協力してもらって……本当に今の私はまるで別人。
　きっと、センパイに出逢わなければ、こうはならなかったはず。
　みんな、センパイのおかげかな……。
「ねぇ、タロー、ヒゲジロー」
　私は２匹と一緒に床にゴロンと転がった。
　あんなに小さかったのに、タローもヒゲジローも何事もなく無事にどんどん大きくなって……。
　こうやって、元気に生きてくれていることを、とても嬉しく思う。
　時々、学校前で会う猫おばさんは、相変わらずボランティア活動を忙しくしているらしい。
　今では、保護した犬や猫を家族に……と迎えてくれる人も増えて、その分、外で暮らす猫を保護できる数も増えて

いるという。
　ほんのちょっとずつだけど、幸せになる動物が増えているのかもしれない。
　センパイが聞いたら、どんなに喜ぶだろう。
　この動きが全国に、全世界に広がればいいのに。
　この間、猫おばさんに話したっけ。
　優也センパイが、猫おばさんたちの活動を見て、獣医になりたいと言っていたこと……。
　嬉しいと、猫おばさんは泣いていた。
「サビ子、元気かね？」
　私はコソッと2匹の耳元で言った。
「ヒサー紅茶入れたわよー」
「あ、はーい。ありがとー」
　テーブルに座ると、大きめのマグカップにいっぱいのミルクティーが用意されていた。
　温かいミルクティーを一口飲む。
　はぁ……と一息つくと、ママは封筒を私に差し出した。
「はい、これ」
「手紙？　私に？」
　見ると、封筒には何も書かれていない。
　まだ封も閉じたままだ。
　紫色の花が描かれたとても上品な封筒を見て、女性からだということはすぐにわかった。
　その封筒を開けると、中には1枚の写真が入っていた。
「……センパイ……」

写真には優也センパイが写っていた。
車イスに座り、優しく微笑む。
膝の上には猫が乗り、気持ちよさそうに眠っている。
「……サビ子……」
「……優也くん……最近、ご両親の名前も時々忘れてしまうらしいのよ……」
　テーブルの私の前のイスにママは座ると、そう私に言って言葉を途切れさせた。
「……」
　写真を持つ手が震えた。
「でもね、この猫ちゃんのことは『サビ子サビ子』って、しっかり覚えていて、かわいがっているんですって」
　ポタリと写真に涙が落ちた。
「サビ子に、取られちゃったなー」
　センパイの胸で眠るのは私って思っていたのにー。
　サビ子……センパイに、ちゃんとかわいがってもらっているんだね……よかった……。
　アルツハイマー病は、最近のことから忘れていくと言われている。
　それなのに、サビ子のことは覚えているんだね……。
「それでもね、優也くん、地域の保護猫活動のボランティアをしているんですって。それが彼の唯一の楽しみになってるって」
「……」
　センパイ……。

センパイは言っていたよね。
　人の手がなければ生きられない、そんな動物たちのために何かしたいと……。
　それを現実にして、頑張っているんだね。
　本当に……。
　センパイはすごい人……。
「あ！　ママ、見て見て！　センパイの指！」
　写真に写るセンパイの……。
　サビ子の背中を、優しく撫でるように置かれた左手の薬指に、あの指輪が光っていた。
「……センパイ……」
　センパイがくれた、あのペアリング。
　もう片方がどこへ行ってしまったのかと、ずっと思っていた……。
　センパイ、ずっと大切にしてくれていたの？
　卒業式の日、私の左手の薬指にあったあの指輪は、センパイがはめてくれたんだね……。
　あの時と同じ……入学式の日、私の指に指輪があったように——。
　離れては戻り、離れては戻り……。
　何度も何度も私の元から離れていった指輪。
　それがいつも運命の赤い糸に繋がれたように、たぐり寄せられ、私の手のひらに戻ってくる。
　センパイとの出逢いが奇跡のように……。
　嬉しくて、嬉しくて……。

でも……。

切なくて、切なくて……。

私は写真をそっと裏返した。

「あ……」

見ると写真の裏に、手書きで何か書かれていた。

【好きとは言えなかった。君を縛りつけてしまいそうで】

【彼をつくらないとか、結婚しないとか言わないでほしい。僕は君が幸せになることを願っているんだ】

「センパイ……」

私のこと……まだ覚えてくれているの？

『永遠の想いを誓う』

だからあんな言い方だったんだね……。

好きや愛しているという言葉はなくても、感じるセンパイの想い。

それだけで、私は強くなれる気がする。

私は頑張るんだ。

センパイに誓う。

もう二度と会えない愛おしい人。

私はずっと……。

あなたを忘れないから——。

Epilogue

「先生ー、柏木先生ー!」

　ざわつく廊下の向こうから、私の名前を呼ぶ声がする。

「柏木先生やっと見つけたー。研究室にいなかったので」

　そう言いながら、私の元へ小走りで駆け寄ってくる看護師2人。

「あぁ、ごめんね。顔を洗いに行ってたんだ」

「先生また泊まったんですかー? あんまり無理すると、体を壊しますよ」

「そうだねー」

　まだ眠い目をこすりながら、看護師2人の話を聞く。

「先生、午後一番の斉藤さんのご家族から連絡があって、飛行機の遅れで時間に間に合わないそうです」

「あーそうなんだ。遠くからだもんね、大変よねー。じゃあ別の患者さんの予定を先組むから、斉藤さんは間に合えば夜にでもって連絡して」

「……」

　私の言葉に、ちょっと怪訝な顔をする2人。

「ん? 何?」

「先生……たまには早く帰ったほうがいいですよ。夜までスケジュール入れてたら、家に帰れなくなっちゃう……。もう何日目ですか……」

「……そうだね、ありがと。でも、明日以降も遠くからわ

ざわざ私のところに来る患者さんもいるし、1日でも早く話したいって方も多いからね。大変だけど、上手くスケジュール組んでほしいんだ」
「……はい」
　私の言葉に、2人は渋々返事をする。
「よろしくー」
　私は手を振って歩き出した。
「あ、先生！　デスクにカルテ置いておいたので、目を通してくださいねー」
「はーい」
「それと！　その左手」
「え？」
　その言葉に私はまた振り返る。
「薬指に指輪してたら、勘違いされて、いつまでも彼できませんよー」
「ぷっ……、はいはーい」
　なんだか、いつも怒られてばっかりだ。
　でもまあ、それが面白かったりするんだけど。
「じゃあ、スケジュールよろしくね」
　私はそう言いながら、もう一度手を振ると歩き出した。
「はーい」

「もー柏木先生はー。自分のこと全然考えないんだからー」
「私てっきり、結婚してるのかと思ってた。いつもあの指輪、左手の薬指にしてるし」

「結婚なんて、してない、してない！　柏木先生まだ若いのよ。それで認知症研究の第一人者なんて、大学側が手放さないわよ。本当にすごいわよねー」
「ホント、柏木先生に診てもらいたいって、全国の患者さんから連絡が来るもんね。すごい数の患者さんのリスト。これじゃスケジュール、パンパンでも仕方ないわ……」

　季節はめぐって――。
　あなたと出会ってから、もう何度目の春になるかな。
　この大学病院にも、大きなイチョウの木がある。
　偶然にも私の研究室から見える大イチョウ。
　今も大イチョウを見るのが私は大好きで……。
　色を変える扇形の葉を見るたび、あなたを思い出す。

「だってほら、柏木先生のデスクに写真があるじゃない。猫を膝に乗せて笑っている男性の……。てっきり旦那さんかと思ってた」
「私もそう思ってたんだけど、違うらしいのよ」
「もったいないよねー。柏木先生キレイなのに」

　大きく窓を開け、柔らかい空気を感じると、何ヶ月も前のことが、ついこの間のことのように思い出される。
　もうずいぶん家に帰ってない……か……。
　そう言いながら、スマホを手に取った。
　もう何ヶ月も実家に帰ってないことを思い出す。

「もしもしママ？　ヒサだけど。うん、うん、元気元気ー。たまにはそっち帰ろうと思って。タローとヒゲジローも連れて帰るから、いろいろ用意しておいて。うん、よろしく」

『どうしてそんなに頑張れるのか？』
　そう聞かれることがよくある。
　それは、長いようで短かったあの１年が私にはあるから。
　さまざまなことを経験し学んだ、あの１年……。
　どんなに忙しい毎日を過ごしても、あの１年は何にも変えられないもの。
　私はデスクにある写真を手に取った。
「……」
『僕は君が幸せになることを願っているんだ』
「……センパイ、ごめんね。私……センパイの願い、まだ叶えられないや……」
『好きとは言えなかった、君を縛りつけてしまいそうで』
『彼をつくらないとか、結婚しないとか言わないでほしい。僕は君が幸せになることを願っているんだ』
　センパイ……。
　私はまだ、あなたが好きなんです……。
　私はまだ、やりたいことも、やらなければいけないことも、たくさんある。
　私と同じ思いをしないように、そんな人が増えないように……。
　コンコン。

「柏木先生、失礼します。患者さんお見えになりました」
「はい。今、行きます」

　すべての人が。
　みんな幸せになれるように……。
　愛する人の胸の中で——。

　　　　　　　　　　　　　END

あとがき

　初めまして、夕雪＊です。
『この胸いっぱいの好きを、永遠に忘れないから。』を最後まで読んでくださり、ありがとうございます。

　この作品は「若年性アルツハイマー病」という、記憶をなくしてしまう病気をテーマに書かせていただきました。
　もし今、目の前にいる大切な人が自分を忘れてしまったら？　もし、そう告げられたら？　治ることのない病気に、それを支える人たちはどんな思いなのだろう……。
　そう考えてプロットを練っていきました。
　その頃の私は初めての子を身ごもっていて、経験したことのない激しい体調不良の毎日。そんな日々を癒してくれたのが、愛猫『おチビ』でした。そして、毎日の体調不良を誤魔化すため、猫好きな方々のブログをむさぼるように拝見しているうち、野良猫や保護猫の実態を知ることになりました。

　これから母親になる私、そして同じ命なのに、いとも簡単に奪われる命。その現実が頭から離れることはなく、この作品で書くことを決めました。
　作品のテーマである、アルツハイマー病とは関係のない猫たちのことを、作品にギッシリと入れることはどうなの

か？　はたして読者の皆さんに受け入れられるのか？
と、担当さんとも話し合いましたが、私の暑苦しいくらいの思い入れを汲み取ってくださり、このままの状態で本にすることができました。

　この作品を書き上げたのは、子どもが産まれてすぐの暑い夏。そして、その冬、愛猫『オチビ』が虹の橋へ旅立ちました。その年、生まれた命と亡くした命、命の大切さ尊さを知った時でした。

　作中にある優也の言葉のように、10代だからとか、まだ若いからとか関係ないのです。生きていれば何が起こるかわからない。大ケガするかもしれない、大病するかもしれない。今、生きていること、元気なこと、まわりの人たちに支えられていることを忘れず、毎日を大切に過ごしてほしいと思うのです。決して、1人だけで生きていると思ってほしくないのです。そして、その大切な命はどんな小さな動物たちにもあるということを、この作品を通して皆さんに知ってほしいのです。

　この作品を通して私と出会ってくださった読者の皆様、編集の酒井様、長井様、素敵なイラストを描いてくださったガガ様、私の時間を作ってくれようと育児を頑張ってくれた旦那さま。すべての方に感謝をし、このご縁を大切に、これからも素敵な小説を書いていきたいと思います。

2017.10.25　夕雪＊

この物語はフィクションです。
実在の人物、団体等とは一切関係がありません。

夕雪＊先生への
ファンレターのあて先

〒104-0031
東京都中央区京橋1-3-1
八重洲口大栄ビル7F

スターツ出版（株）書籍編集部 気付

夕雪＊先生

この胸いっぱいの好きを、永遠に忘れないから。
2017年10月25日 初版第1刷発行

著　者	夕雪＊	
	©u-ki 2017	
発行人	松島滋	
デザイン	カバー　平林亜紀（micro fish）	
	フォーマット　黒門ビリー＆フラミンゴスタジオ	
ＤＴＰ	朝日メディアインターナショナル株式会社	
編　集	長井泉　酒井久美子	
発行所	スターツ出版株式会社	
	〒104-0031　東京都中央区京橋1-3-1　八重洲口大栄ビル7F	
	ＴＥＬ　販売部03-6202-0386（ご注文等に関するお問い合わせ）	
	http://starts-pub.jp/	
印刷所	共同印刷株式会社	
	Printed in Japan	

乱丁・落丁などの不良品はお取替えいたします。上記販売部までお問い合わせください。
本書を無断で複写することは、著作権法により禁じられています。
定価はカバーに記載されています。

ISBN 978-4-8137-0339-6　C0193

ケータイ小説文庫　2017年10月発売

『ほんとのキミを、おしえてよ。』あよな・著

有紗のクラスメイトの五十嵐くんは、通称王子様。爽やかイケメンで優しくて面白い、完璧素敵男子だ。有紗は王子様の弱点を見つけようと、彼に近付いていく。どんなに有紗が騒いでもしつこく構っても、余裕の笑顔。弱点が見つからない上に、有紗はだんだん彼に惹かれていって…。
ISBN978-4-8137-0336-5
定価:本体590円+税

ピンクレーベル

『日向くんを本気にさせるには。』みゅーな**・著

高2の雫は、保健室で出会った無気力系イケメンの日向くんに一目惚れ。特定の彼女を作らない日向くんだけど、素直な雫のことを気になるみたいで、雫を特別扱いしたり、何かとドキドキさせてくる。少しは日向くんに近づけてるのかな…なんて思っていたある日、元カノが復学してきて…?
ISBN978-4-8137-0337-2
定価:本体590円+税

ピンクレーベル

『この想い、君に伝えたい』善生茉由佳・著

中2の奈々美は、クラスの人気者の佐野くんに密かに憧れを抱いている。そんなことを知らない奈々美の兄が、突然彼を家に連れてきて、ふたりは急接近。ドキドキしながらも楽しい時間を過ごしていた奈々美だけど、運命はとても残酷で…。ふたりを引き裂く悲しい真実と突然の死に涙が止まらない!
ISBN978-4-8137-0338-9
定価:本体590円+税

ブルーレーベル

『神様、私を消さないで』いぬじゅん・著

中2の結愛は父とともに永神村に引っ越してきた。同じく転校生の大和とともに、永神神社の秋祭りに参加するための儀式をやることになるが、不気味な儀式に不安を覚えた結愛と大和はいろいろ調べるうちに、恐ろしい秘密を知って……?
大人気作家・いぬじゅんの書き下ろしホラー‼
ISBN978-4-8137-0340-2
定価:本体550円+税

ブラックレーベル

書店店頭にご希望の本がない場合は、
書店にてご注文いただけます。